U0528937

年事梦中休，花空烟水流·梦窗词

[宋] 吴文英 ◎ 著

汪政　张兰兰 ◎ 编注

人民文学出版社

图书在版编目(CIP)数据

年事梦中休，花空烟水流：梦窗词/(宋)吴文英著；
汪政，张兰兰编注.—北京：人民文学出版社，2017
(恋上古诗词：版画插图版)
ISBN 978-7-02-012739-9

Ⅰ.①年… Ⅱ.①吴… ②汪… ③张… Ⅲ.①宋词-选集 Ⅳ.①I222.844

中国版本图书馆CIP数据核字(2017)第091505号

责任编辑	卜艳冰　尚　飞
装帧设计	高静芳

出版发行	人民文学出版社
社　　址	北京市朝内大街166号
邮政编码	100705
网　　址	http://www.rw-cn.com
印　　刷	莱芜市圣龙印务有限责任公司
经　　销	全国新华书店等
开　　本	890毫米×1240毫米　1/32
印　　张	6.5
插　　页	2
字　　数	150千字
版　　次	2018年4月北京第1版
印　　次	2018年4月第1次印刷
书　　号	978-7-02-012739-9
定　　价	35.00元

如有印装质量问题，请与本社图书销售中心调换。电话：010-65233595

前言

吴文英,字君特,号梦窗,晚号觉翁,宋末著名词家。庆元府鄞县(今浙江宁波)人。少好文词,不治举业,一生未仕,以清客、幕僚之身寄居官僚门下。于嘉定十三年(1220)前后入杭州袁韶幕,绍定四年(1231)前后入苏州仓台幕,淳祐六年(1246)至九年(1249)随幕至绍兴或杭州,宝祐年间(1252～1258)入嗣荣王赵与芮幕,德祐二年(1276)重寓苏州。

昔人有所谓"诗言志,词缘情"之说,被称为"诗余"的词,本为艳科,其内容大约风花雪月、儿女情长之类。梦窗词亦然,集中伤情纪欢之作甚多。关于吴文英的情事,前人多有揣测,说法不一。周癸叔认为:"梦窗有二妾。一名燕,湘产,而娶于吴,曾一至西湖,卒于吴;一为杭人,不久遣去,见于乙稿《三姝媚》《画锦堂》。又少年恋一杭女,死于水,见于《定风波》及《饮白醪感少年事》二词。"虽然梦窗哀感缠绵、香艳婉媚的佳构俯仰皆是、琳琅触目,然亦有世态时局、麦秀黍离之沉郁,不乏体物言志、借古伤今之怀抱。并擅据不同题材,运用不同手法。作为南宋醇雅派代表人物的吴文英,存词341篇,居唐宋词人第四。关于梦窗词的成就争议颇多。张炎认为："如七宝楼台，眩人眼目，碎拆下来，不成片段。"（《词源》卷下）其实，辞藻典故之密丽和谋篇布局之浑成乃是梦窗本色。因其密丽，故而灵光眩目；因其浑成，岂容断章取义？故而陈廷焯云："梦窗才情超逸，何尝沉晦。梦窗长处，正在超逸之中见沉郁之意。"（《白雨斋词话》）文学不是谜语，原本没有答案。通常只需体味那摇曳迷离的朦胧意境，不必斤斤于穿凿附会的考据索引。吴氏善于推敲词汇、熔炼文句，其词具有婉转曲折、幽邃绵渺、章法多变、格律严谨、意致深雅、造境奇逸等多重特征，然其根本魅力则在于字面之华美。即使不谙音律、不解内涵者，亦足为其惊艳的表象所震撼。周济赞云："奇思壮采，腾天潜渊，返南宋之清泚，为北宋之秾挚。"（《宋四家词选·目录序论》）梦窗雕龙泣鬼的技巧、戛然独造的境界，诚当宋词艺术之殿军。无况乎尹焕称："求词于吾宋者，前有清真，后有梦窗，此非焕之言，四海之公言也。"（《古今词话·词评》卷下）

事实上，吴氏的词坛地位早有公认，历来多有取法吴词的主张。陈洵云："以周（邦彦）、吴（文英）为师，余子为友。"在回忆自己的学问经历时又云："吾年三十，始学为词。读周氏《四家词选》，即欲从事于美成（周邦彦）。乃求之于美成，而美成不可见也。求之于稼轩（辛弃疾），而美成不可见也。求之于碧山（王沂孙），而美成不可见也。于是专求于梦窗，然后得之。"（《海绡说词》）学词伊始，陈氏经历上下求索，在梦窗词中找到一条"由吴以希周"的治词途径，终于"学梦窗而得其髓"（朱祖谋《致陈述叔书札第一函》）。可见，学梦窗而卓有成效者大有其人。（《雕菰楼词话》)蒋兆兰云:"近日词人如吴瞿安(梅)、王饮鹤(朝阳)、陈巢南(去病)诸子,大抵宗法梦窗,上希《片玉》,犹是同光前辈典型。"师法梦窗曾为一时之风尚。

吴文英词集名《梦窗甲乙丙丁稿》四卷,收入《宋六十名家词》,又有曼陀罗华阁刊本及《彊村丛书》本。今较为完备的注本有吴蓓《梦窗词集校笺释集评》(浙江古籍出版社)和孙虹《梦窗词集校笺》(中华书局),本书注释多采其说。川流其广,泥沙俱下。任何伟大的人物都有平庸之作,在篇目的柬选上,本书可谓斟酌损益、煞费苦心,以期精益求精、以简驭繁,炼梦窗之足金,呈雅词之极境。以下就体例问题略作说明。

一、各版本间字句出入者,择善而从,不出校记。

二、异体字、古今字、避讳字径改,不出校记。

三、标点按《全宋词》体例:韵、叶用句号,句用逗号,逗用顿号。

四、注释以语言文字的训诂为主,对与文学无关的历史、地理、文化等问题不作考证,时予忽略。为提升读者阅读古汉语的能力,词义的注解常止于词的基本义项,读者可据上下文作引申思考。注释不避重出,以省翻阅之劳。

五、对精妙的辞藻加以标识:单音节的词上标圆点,多音节的词上标圆圈。

汪 政
2017年2月

目录

前言

如梦令（春在绿窗杨柳）	1
浣溪沙（冰骨清寒瘦一枝）	2
浣溪沙（蝶粉蜂黄大小乔）	3
秋蕊香（宝月惊尘堕晓）	4
望江南（松风远）	5
望江南（衣白苎）	7
月中行（疏桐翠井早惊秋）	8
唐多令（何处合成愁）	10
风入松（听风听雨过清明）	13
倦寻芳（海霞倒影）	14
倦寻芳（坠瓶恨井）	16
倦寻芳（暮帆挂雨）	20
三姝媚（吹笙池上道）	21
尉迟杯（垂杨径）	23
拜星月慢（绛雪生凉）	26
庆春宫（残叶翻浓）	28
夜合花（柳暝河桥）	31
惜黄花慢（次吴江）	32
渡江云三犯（羞红颦浅恨）	36

霜叶飞(断烟离绪)	40
齐天乐(凌朝一片阳台影)	43
齐天乐(余香纔润鸾绡汗)	45
齐天乐(三千年事残鸦外)	47
齐天乐(玉皇重赐瑶池宴)	49
齐天乐(芙蓉心上三更露)	53
齐天乐(曲尘犹沁伤心水)	55
齐天乐(烟波桃叶西陵路)	57
澡兰香(盘丝系腕)	59
高阳台(帆落回潮)	62
高阳台(宫粉雕痕)	65
高阳台(修竹凝妆)	69
八声甘州(步晴霞倒影)	72
八声甘州(渺空烟四远)	74
十二郎(素天际水)	78
夜飞鹊(金规印遥汉)	80
扫花游(草生梦碧)	84
扫花游(水园沁碧)	86
扫花游(水云共色)	88
扫花游(暖波印日)	91
花犯(翦横枝)	95

2

绛都春（南楼坠燕）	97
绛都春（情黏舞线）	101
惜秋华（细响残蛩）	104
烛影摇红（莓锁虹梁）	106
烛影摇红（碧澹山姿）	109
玉京谣（蝶梦迷清晓）	111
木兰花慢（紫骝嘶冻草）	114
新雁过妆楼（梦醒芙蓉）	116
新雁过妆楼（阆苑高寒）	119
水龙吟（艳阳不到青山）	122
水龙吟（夜分溪馆渔灯）	125
绕佛阁（夜空似水）	129
过秦楼（藻国凄迷）	131
珍珠帘（蜜沈烬暖萸烟袅）	134
丑奴儿慢（空蒙乍敛）	137
丑奴儿慢（东风未起）	138
一寸金（秋入中山）	140
宴清都（万垒蓬莱路）	145
宴清都（翠羽飞梁苑）	149
宴清都（柳色春阴重）	153
瑞龙吟（大溪面）	158

瑞龙吟(黭分袖)	161
瑞龙吟(堕虹际)	165
琐窗寒(绀缕堆云)	168
丹凤吟(丽景长安人海)	171
声声慢(六铢衣细)	175
莺啼序(残寒正欺病酒)	176
毛晋《梦窗词稿·跋》	183
毛晋《梦窗词稿·跋》	183
《四库全书总目·梦窗稿四卷补遗一卷·提要》	184
附录:梦窗词总评	186

如梦令①

春在绿窗杨柳②。人与流莺俱瘦③。眉底暮寒生④,帘额时翻波皱⑤。风骤⑥。风骤。花径啼红满袖⑦。

注释

① 此写女子伤春情绪。
② 绿窗:绿色纱窗。指女子居室。
③ 流莺:即莺。流,谓其鸣声婉转。
④ 眉底暮寒生:意出卢绛《梦白衣妇人歌词》:"眉黛小山攒,芭蕉生暮寒。"眉底,指眼。
⑤ 帘额:帘子的上端。
⑥ 骤:疾速;急速而猛;急促。
⑦ 啼红:女子的眼泪。晋王嘉《拾遗记·魏》:"文帝所爱美人,姓薛名灵芸,常山人也……灵芸闻别父母,歔欷累日,泪下沾衣。至升车就路之时,以玉唾壶承泪,壶则红色。既发常山,及至京师,壶中泪凝如血。"后因以"红泪"称美人泪。也可指落花上的雨露。

浣溪沙[①]

题李中斋舟中梅屏[②]

冰骨清寒瘦一枝。玉人初上木兰时[③]。懒妆斜立澹春姿[④]。　　月落溪穷清影在,日长春去画帘垂[⑤]。五湖水色掩西施[⑥]。

注释

[①] 该词写船上的一幅屏风。

[②] 李中斋:吴文英之友,生平不详。梅屏:画有梅花的屏风。

[③] 玉人初上木兰时:指梅屏刚搬上船的时候。玉人,容貌美丽的人。此喻梅花。木兰,指木兰舟。用木兰树造的船。后常用为船的美称,并非实指木兰木所制。

[④] 懒妆:懒于化妆。澹:淡薄;不浓厚。

[⑤] 日长:白昼时间增加。

[⑥] 五湖水色掩西施:春秋末越国人夫范蠡,辅佐越王勾践,灭亡吴国,功成身退,携西施乘轻舟以隐于五湖。五湖,古代吴越地区湖泊。其说不一。

浣溪沙①

琴川慧日寺蜡梅②

蝶粉蜂黄大小乔③。中庭寒尽雪微消④。一般清瘦各无聊。　窗下和香封远讯⑤,墙头飞玉怨邻箫⑥。夜来风雨洗春娇⑦。

注释

① 该词写两株蜡梅。
② 琴川:江苏常熟的别名。慧日寺:在常熟县治附近。蜡梅:明李时珍《本草纲目·木三·蜡梅》:"此物本非梅类,因其与梅同时,香又相近,色似蜜蜡,故得此名。"
③ 蝶粉蜂黄:唐人宫妆。一说蝶翅上的粉屑和蜂身上的黄粉,在交尾后退去。大小乔:指三国吴乔公二女大乔、小乔。乔,一作"桥"。《三国志·吴志·周瑜传》:"策欲取荆州,以瑜为中护军,领江夏太守,从攻皖,拔之。时得桥公两女,皆国色也。策自纳大桥,瑜纳小桥。"
④ 中庭:庭院;庭院之中。
⑤ 封远讯:用蜡来封寄往远方的书信。宋杨万里《蜡梅》:"殷勤滴蜡缄封却,偷被霜风折一枝。"
⑥ 飞玉:飘零的梅花。怨邻箫:意出晏殊《清平乐》:"醉弄影娥池水,短箫吹落残梅。"

⑦ 春娇:形容女子娇艳之态,亦指娇艳的女子。此喻梅花。

秋蕊香①

和吴见山赋落桂

宝月惊尘堕晓②。愁锁空枝斜照。古苔几点露萤小。消减秋光旋少③。　　佩丸尚忆春酥袅④。故人老。断香忍和泪痕扫⑤。魂近东篱梦窅⑥。

注释

① 该词写零落的桂花。
② 宝月惊尘堕晓:月宫中惊飞的桂花在清晨零落。此句借用月宫落桂花之说。《南部新书》卷七:"杭州灵隐山多桂,寺僧云:'此月中种也。'至今中秋望夜,往往子坠。"宝月,明月。惊尘,车马疾驶扬起的尘土,此喻飘零的桂花。
③ 旋:不久;立刻。
④ 佩丸:古人将桂蕊晒干,搓成丸状而佩之。酥:比喻物之洁白柔软而滑腻。袅:摇曳;扭动。
⑤ 断香:一阵阵的香气。
⑥ 东篱:晋陶潜《饮酒》诗之五:"采菊东篱下,悠然见南山。"后

因以指种菊之处;菊圃。窅(yǎo):深远貌。

望江南①

茶

松风远②,莺燕静幽坊③。妆褪宫梅人倦绣④,梦回春草日初长⑤。瓷碗试新汤⑥。　　笙歌断⑦,情与絮悠扬⑧。石乳飞时离凤怨⑨,玉纤分处露花香⑩。人去月侵廊。

注释

① 该词主要写煎茶、品茶的情趣。
② 松风远:水即将沸腾前发出的声响,形容煎茶声。
③ 莺燕:莺善鸣,燕善舞,因以"莺燕"比喻歌姬、舞女或妓女。幽坊:青楼女子居处。
④ 妆褪宫梅:南朝宋武帝女寿阳公主曾卧于含章殿檐下,梅花落公主额上成五出之花,拂之不去,皇后留之,自后有梅花妆。妇女多效之,在额心描梅为饰。称作"梅花妆"或"寿阳妆。"倦绣:倦卧绣床的省称。《说郛》卷四七上:"白乐天诗云:'倦倚绣床愁不动,缓垂绿带髻鬟低。辽阳春尽无消息,

夜合花开日又西。'好事者画为《倦绣图》。"

⑤ 梦回春草:意出《南史·谢惠连传》:"族兄灵运嘉赏之,云'每有篇章,对惠连辄得佳语'。尝于永嘉西堂思诗,竟日不就,忽梦见惠连,即得'池塘生春草',大以为工。常云'此语有神功,非吾语也'。"日初长:立春之后,白昼渐长。

⑥ 新汤:新茶的茶水。汤,沸水;热水。

⑦ 笙歌:笙箫之声。此指煮水沸腾之声。苏轼《〈瓶笙诗〉引》:"闻笙箫声,杳杳若在云霄间,抑扬往返,粗中音节。徐而察之,则出于双瓶,水火相得,自然吟啸。"

⑧ 絮悠扬:形容茶汤波纹幻变的形状。宋元时采用分茶的煎茶之法。注汤后用箸搅茶乳,使汤水波纹幻变成种种形状。宋杨万里《澹庵座上观显上人分茶》诗:"分茶何似煎茶好,煎茶不似分茶巧。……纷如擘絮行太空,影落寒江能万变。"

⑨ 石乳飞时离凤怨:形容用分茶法烹煮石乳茶和龙凤团茶时茶叶在汤水中翻滚的情状。石乳,茶名。宋顾文荐《负暄杂录·建茶品第》:"又一种茶,聚生石崖,枝叶尤茂。至道初,有诏造之,别号石乳。"离凤,指龙凤团茶在汤水中分解的样子。苏轼《阮郎归》:"兽烟喷尽玉壶干。香分小凤团。"凤指龙凤团茶。宋时制为圆饼形贡茶,上有龙凤纹。宋欧阳修《归田录》卷二:"茶之品,莫贵于龙凤,谓之团茶,凡八饼重一斤。庆历中蔡君谟为福建路转运使,始造小片龙茶以进,其品绝精,谓之小团,凡二十饼重一斤,其价直金二两……宫人往往镂金花于其上,盖其贵重如此。"

⑩ 玉纤:纤细如玉的手指。多以指美人的手。分:分茶。见前注。

望江南①

赋画灵照女②

衣白苎③,雪面堕愁鬟④。不识朝云行雨处⑤,空随春梦到人间⑥。留向画图看。　慵临镜,流水洗花颜。自织苍烟湘泪冷⑦,谁捞明月海波寒⑧。天澹雾漫漫。

注释

① 此乃题画之作,写的是禅宗故事中一少女。
② 灵照:《景德传灯录·襄州居士庞蕴》载:"居士(庞蕴,洞达禅宗)将入灭,令女灵照出视日早晚,及午以报。女遽报曰:'日已中矣,而有蚀也。'居士出户观次,灵照即登父座,合掌坐亡。居士笑曰:'我女锋捷矣!'"后以"灵照"泛指善解父意之幼女。
③ 白苎(zhù):白色的苎麻,多年生草本植物。属荨麻科。茎直,茎皮纤维坚韧有光泽,可作编结、纺织、造纸的原料。根可入药。这里指白苎所织的夏布。
④ 堕鬟,犹堕髻。堕马髻的省称。《后汉书·五行志一》:"堕马

髻者,作一边……始自大将军梁冀家所为,京都歙然,诸夏皆放效。"

⑤ 朝云行雨:指男女欢爱。战国楚宋玉《高唐赋》序:"昔者先王尝游高唐,怠而昼寝,梦见一妇人,曰:'妾巫山之女也,为高唐之客,闻君游高唐,愿荐枕席。'王因幸之。去而辞曰:'妾在巫山之阳,高丘之岨,旦为朝云,暮为行雨,朝朝暮暮,阳台之下。'"

⑥ 空随春梦:语出宋王安石《与微之同赋梅花》诗:"好借月魂来映烛,恐随春梦去飞扬。"

⑦ "自织"二句:从中可以推测此女似乎死于水。湘泪,《博物志·史补》:"尧之二女,舜之二妃,曰湘夫人。舜崩,二妃啼,以涕挥竹,竹尽斑。"古代传说舜死于苍梧,二妃娥皇、女英(帝尧之女)寻至南方,死于江湘之间,为湘水女神。王逸以为二妃乃溺亡。

⑧ 捞明月:传说唐李白酒醉泛舟当涂采石,俯捉江中月影而溺死。

月中行①

和黄复庵

疏桐翠井早惊秋②。叶叶雨声愁③。镫前倦客老貂裘④。燕去柳边楼⑤。　吴宫寂寞空烟水,浑不认⑥、旧采菱洲⑦。秋花旋结小盘虬⑧。蝶怨夜香留⑨。

注释

① 此乃雨夜和人之作,流露叹老伤昔的情怀。
② 疏桐翠井早惊秋:意出庾信《至仁山铭》:"菊落秋潭,桐疏寒井。"翠井,长有青苔的井壁。
③ 叶叶雨声愁:意出温庭筠《更漏子》:"梧桐树。三更雨。不道离情正苦,一叶叶,一声声。空阶滴到明。"
④ 倦客老貂裘:意出《战国策·秦策一》:"(苏秦)说秦王,书十上而说不行,黑貂之裘弊,黄金百斤尽。"倦客,客游他乡而对旅居生活感到厌倦的人。
⑤ 燕去柳边楼:燕子楼,楼名。在今江苏省徐州市。相传为唐贞元时尚书张建封之爱妾关盼盼居所。张死后,盼盼念旧不嫁,独居此楼十余年。后以"燕子楼"泛指女子居所。燕,燕子。又,燕姞的省称。燕姞,春秋时郑文公妾,后用以泛指姬妾。
⑥ 浑:简直;几乎。
⑦ 采菱:语出《楚辞·招魂》:"《涉江》《采菱》,发《扬荷》些。"
⑧ 秋花:指菊花。盘虬:盘曲的虬龙,引申为盘曲貌,此形容菊花的形状。
⑨ 夜香:夜晚的花香。

唐多令①

何处合成愁,离人心上秋②。纵芭蕉、不雨也飕飕。都道晚凉天气好,有明月、怕登楼③。　　年事梦中休④,花空烟水流。燕辞归、客尚淹留⑤。垂柳不萦裙带住⑥。漫长是、系行舟⑦。

注释

① 该词描写秋夜回忆情人离别的场景。
② "何处"二句:"心"字合上"秋"字,即"愁"字。离人,离别的人;离开家园、亲人的人。
③ "有明月"二句:意出李煜《相见欢》:"无言独上西楼,月如钩。寂寞梧桐深院锁清秋。剪不断,理还乱,是离愁,别是一番滋味在心头。"
④ 年事:年岁,年纪。
⑤ "燕辞归"句:意出曹丕《燕歌行》:"群燕辞归雁南翔,念君客游思断肠。慊慊思归恋故乡,何为淹留寄它方?"燕,燕子为候鸟,有迁徙习性。又,燕姞的省称。见前注。客,门客,寄食于贵族豪门的人。此自喻。淹,久,长久。
⑥ 垂柳不萦裙带住:意谓柳条没把心上人系住。
⑦ 漫:副词。空,徒然。长是:老是。

唐多令（何处合成愁）

辑评

张炎《词源》卷下：此词疏快，却不质实。如是者集中尚有，惜不多耳。

沈际飞《草堂诗余正集》：所以伤感之本，岂在蕉雨？妙妙。"垂柳"原句不熟烂。

《古今词统》卷九：无风花落，不雨蕉鸣，是妙对。

王士禛《花草蒙拾》："何处合成愁，离人心上秋。"滑稽之隽，与龙辅《闺怨》诗："得郎一人来，便可成仙去。"同是《子夜》变体。

周之琦《心日斋十六家词录》卷下：梦窗词自张叔夏"不成片段"之论出，耳食者群然和之。余谓梦窗格律之细，方驾清真；意境之超，希踪石帚。断非叔夏所能跂及。《唐多令》一阕乃梦窗率笔，叔夏以其类己而称之，非知梦窗者也。

周尔墉《批〈绝妙好词〉》卷四：词固佳，但非梦窗平生杰构。玉田心赏，特以近自家手笔故也。玉田赏之，是矣，然而是极研炼出之者，看似俊快，其实深美。

陈廷焯《云韶集》卷八：梦窗词大半沉静为主，此篇独清快。

陈廷焯《词则·别调集》卷二：语浅情长，不第以疏快见长也。

陈廷焯《白雨斋词话》卷二：张皋文《词选》独不收梦窗，以苏、辛为正声，却有巨识。而以梦窗与耆卿、山谷、改之辈同列，不知梦窗者也。至董毅《续词选》只取梦窗《唐多令》《忆旧游》两篇，此二篇绝非梦窗高诣。《唐多令》一篇几于油腔滑调，在梦窗集中，最属下乘。《续选》独取，岂故收其下者以实皋文之言耶？谬矣。

风入松①

听风听雨过清明。愁草瘗花铭②。楼前绿暗分携路③,一丝柳、一寸柔情。料峭春寒中酒④,交加晓梦啼莺⑤。 西园日日扫林亭⑥。依旧赏新晴。黄蜂频扑秋千索,有当时、纤手香凝。惆怅双鸳不到⑦,幽阶一夜苔生。

注释

① 此乃清明伤逝之作。
② 瘗(yì)花铭:指美女的墓碑。瘗花,指埋葬的美女。铭,指刻写有文辞的碑版,此指墓志铭。
③ 绿暗:指柳叶颜色变深。梁元帝《将军名诗》:"细柳浮新暗,大树绕栖乌。"分携:离别。携,离散。
④ 料峭:形容微寒。中酒:醉酒。
⑤ 交加:交集,同时出现。晓梦啼莺:意出金昌绪《春怨》:"打起黄莺儿,莫教枝上啼。啼时惊妾梦,不得到辽西。"
⑥ 西园:园林名。在绍兴龙山西麓,故名。五代钱镠建吴越国,都临安,以越州为东府,在此穿渠引水,营建园林,为后宫游乐之地。钱镠之孙钱俶被废后,迁居于此,益加整治,园囿之美,驰名吴越间。宋兴,吴越纳土,钱氏举族北徙,西园渐废。
⑦ 双鸳:指女子的一双绣鞋。

13

辑评

许昂霄《词综偶评》："愁草瘗花铭"，琢句险丽。"惆怅双鸳不到，幽阶一夜苔生"，此则渐近自然矣。结句亦从古诗"全由履迹少，并欲上阶生"化出。古诗又有"春苔封履迹"之句。

谭献《谭评词辨》：此是梦窗极经意词，有五季遗响。"黄蜂"二句，西子衾裙拂过来，是痴语，是深语。结笔温厚。

倦寻芳①

上 元②

海霞倒影③，空雾飞香，天市催晚④。暮餍宫梅⑤，相对画楼帘卷⑥。罗袜轻尘花笑语⑦，宝钗争艳春心眼。乱箫声，正风柔柳弱，舞肩交燕⑧。念窈窕⑨、东邻深巷⑩，灯外歌沉，月上花浅。梦雨离云⑪，点点漏壶清怨⑫。珠络香消空念往⑬，纱窗人老羞相见。渐铜华，闭春阴、晓寒人倦⑭。

注释

① 上阕描写正月十五夜游灯市的热闹景象，下阕念及昔日游冶

情形,有年华已逝、乐极悲来之感。
② 上元:节日名。俗以农历正月十五日为上元节,也叫元宵节。这天晚上叫"元宵"。亦称"元夜"、"元夕"。唐以来有观灯的风俗,所以又叫"灯节"。
③ 海霞倒影:喻灯火之辉煌。
④ 天市:星名。引申指京城天街市场。又特指天街花市。
⑤ 暮靥宫梅:指女子化着晚妆。靥,古代妇女面部的一种妆饰。宫梅,此指梅花妆。详见前注。
⑥ 画楼:雕饰华丽的楼房。
⑦ 罗袜轻尘:语出三国魏曹植《洛神赋》:"凌波微步,罗袜生尘。"
⑧ 舞肩交燕:交错的燕子在肩头飞舞。
⑨ 窈窕:娴静貌;美好貌。指美女。
⑩ 东邻:战国楚宋玉《登徒子好色赋》:"楚国之丽者,莫若臣里,臣里之美者,莫若臣东家之子。"后因以"东邻"指美女。
⑪ 梦雨离云:意出宋玉《高唐赋》序:"昔者楚襄王与宋玉游于云梦之台,望高唐之观,其上独有云气……王问玉曰:'此何气也?'玉对曰:'所谓朝云者也。'王曰:'何谓朝云?'玉曰:'昔者先王尝游高唐,怠而昼寝,梦见一妇人曰:妾巫山之女也,为高唐之客,闻君游高唐,愿荐枕席。王因幸之。去而辞曰:妾在巫山之阳,高丘之岨,旦为朝云,暮为行雨。朝朝暮暮,阳台之下。'"
⑫ 漏壶:古代利用滴水多寡来计量时间的一种仪器。也称"漏刻"。漏壶中插入一根标竿,称为箭。箭下用一只箭舟托着,

浮在水面上。水流出或流入壶中时,箭下沉或上升,借以指示时刻。前者叫沉箭漏,后者叫浮箭漏。统称箭漏。
⑬ 珠络:缀珠而成的网络。头饰之一种。
⑭ "渐铜华"二句:意谓铜镜渐渐冻结了春季的阴气,清晨寒冷,人觉疲倦。铜华,指菱花镜。古代铜镜名。镜多为六角形或背面刻有菱花者名菱花镜。闭,凝闭;冻结。春阴,春季天阴时空中的阴气。

倦寻芳①

花翁遇旧欢吴门老妓李怜②,邀分韵同赋此词③

坠瓶恨井④,分镜迷楼⑤,空闭孤燕⑥。寄别崔徽,清瘦画图春面⑦。不约舟移杨柳系⑧,有缘人映桃花见⑨。叙分携⑩,悔香瘢漫蕊⑪,绿鬓轻剪⑫。

听细语、琵琶幽怨⑬。客鬓苍华⑭,衫袖湿遍⑮。渐老芙蓉⑯,犹自带霜宜看。一缕情深朱户掩,两痕愁起青山远⑰。被西风⑱,又惊吹、梦云分散⑲。

注释

① 朋友与昔日相好的妓女相遇,该词表现其相见时悲喜交加的

情绪。

② 花翁：孙惟信，字季蕃，号花翁。原籍开封（今属河南），寓居婺州（今浙江金华）。少受祖泽，调监当。光宗时，弃官归隐，始婚于婺。后漫游江湖，迟留苏、杭最久，诗名为公卿所闻，与赵师秀、赵庚夫、曾极、刘克庄等游从甚密，尝客孟良甫、方孚若家。善雅淡，性诙谐，工于声律。淳祐三年，客死钱塘，年六十五，朝士葬之于西湖北山水仙王庙侧。惟信为南宋中叶极典型之江湖诗人，《江湖集》中与之唱和者甚多，堪称当日江湖诗坛之巨擘。词风兼纤丽与清雄两端。事迹见刘克庄《孙花翁墓志铭》（《后村先生大全集》卷一五〇）。吴门：指苏州或苏州一带。为春秋吴国故地，故称。

③ 分韵：数人相约赋诗、词，选择若干字为韵，各人分拈，依拈得之韵作诗、词，谓之分韵。

④ 坠瓶恨井：喻男女情事。唐白居易《井底引银瓶》诗："井底引银瓶，银瓶欲上丝绳绝。石上磨玉簪，玉簪欲成中央折。瓶沉簪折知奈何？似妾今朝与君别。"

⑤ 分镜：喻夫妻离异。此指花翁与老妓而言。唐孟棨《本事诗·情感》载，南朝陈徐德言娶陈后主妹乐昌公主为妻，公主有才貌。陈亡之际，德言料不能夫妻相守，于是破一镜，夫妻各执一半，相约日后合镜相会。迷楼：隋炀帝所建楼名。故址在今江苏省扬州市西北郊。唐冯贽《南部烟花记·迷楼》："迷楼凡役夫数万，经岁而成。楼阁高下，轩窗掩映，幽房曲室，玉栏朱楯，互相连属。帝大喜，顾左右曰：'使真仙游其

中,亦当自迷也。'故云。"后又指妓院。

⑥ 空闭孤燕:用"燕子楼"故事。相传唐贞元时尚书张建封之爱妾关盼盼居所名为"燕子楼"。张死后,盼盼念旧不嫁,独居此楼十余年。燕,燕子。又,燕姞的省称。燕姞,春秋时郑文公妾。后用以泛指姬妾。此指老妓李怜。

⑦ "寄别"二句:崔徽曾与裴敬中相爱,既别,托画家写其肖像寄敬中曰:"崔徽一旦不及画中人,且为郎死。"后抱恨而卒。崔徽,唐歌妓名。此指老妓李怜。春面,指女子青春面容。

⑧ 不约舟移:意出白居易《琵琶行》:"移船相近邀相见,添酒回灯重开宴。千呼万唤始出来,犹抱琵琶半遮面。"杨柳系:常指饮酒作乐。王维《少年行四首》之一:"相逢意气为君饮,系马高楼垂柳边。"

⑨ 人映桃花:事本唐孟棨《本事诗》。崔护清明京都郊游,于一庭院,桃花之下邂逅一美妙女子。次年再访,物在人去,慨叹不已,题一绝句:"去年今日此门中,人面桃花相映红。人面不知何处去,桃花依旧笑东风。"

⑩ 分携:离别。携,离散。

⑪ 香瘢:典出唐段成式《酉阳杂俎·黥》:"近代妆尚靥,如射月,曰黄星靥,靥钿之名,盖自吴孙和邓夫人也。和宠夫人,尝醉舞如意,误伤邓,颊血流,娇婉弥苦。命太医合药,医言得白獭髓,杂玉与琥珀屑,当灭痕。和以百金购得白獭,乃合膏,琥珀太多,及愈,痕不灭,左颊有赤点如痣,视之,更益甚妍也。诸婢欲要宠者,皆以丹青点颊而进幸焉。"漫:副词。空,

徒然。爇(ruò):烧。

⑫ 绿鬓轻翦:旧有剪发赠别,以为爱情盟约之说。绿鬓,乌黑发亮的发髻,泛指妇女美丽的头发。

⑬ 琵琶幽怨:意出白居易《琵琶行》:"别有幽愁暗恨生,此时无声胜有声。"

⑭ 客鬓:旅人的鬓发。苍华:形容头发灰白。

⑮ 衫袖湿遍:意出白居易《琵琶行》:"座中泣下谁最多?江州司马青衫湿。"

⑯ 芙蓉:指美女。《西京杂记》卷二:"文君姣好,眉色如望远山,脸际常若芙蓉。"

⑰ 青山远:形容女子秀丽之眉。《西京杂记》卷二:"文君姣好,眉色如望远山,脸际常若芙蓉。"

⑱ 西风:西面吹来的风。多指秋风。

⑲ 梦云:幽会之事。战国楚宋玉《高唐赋》:"昔者先王尝游高唐,怠而昼寝,梦见一妇人,曰:'妾,巫山之女也,为高唐之客,闻君游高唐,愿荐枕席。'王因幸之。去而辞曰:'妾在巫山之阳,高丘之阻,旦为朝云,暮为行雨,朝朝暮暮,阳台之下。'旦朝视之,如言,故为立庙,号曰朝云。"

辑评

卓人月、徐士俊《古今词统》卷十二:白香山情事。

倦寻芳①

饯周纠定夫②

暮帆挂雨,冰岸飞梅,春思零乱。送客将归,偏是故宫离苑③。醉酒曾同凉月舞,寻芳还隔红尘面。去难留,怅芙蓉路窄,绿杨天远。　　便系马、莺边清晓④,烟草晴花,沙润香软。烂锦年华⑤,谁念故人游倦⑥。寒食相思堤上路⑦,行云应在孤山畔⑧。寄新吟,莫空回、五湖春雁⑨。

注释

① 该词写料峭春雨中送别友人的情景。
② 饯(jiàn):设酒食送行,古代一种礼仪。周定夫:吴文英友人。生平不详。
③ 故宫离苑:指代苏州。故宫,旧时的宫殿。离苑,古代帝王离宫中的园林。
④ 清晓:天刚亮时。
⑤ 烂锦年华:指青年女子。烂锦,光艳的锦缎被子。《诗·唐风·葛生》:"角枕粲兮,锦衾烂兮。"
⑥ 游倦:犹倦游。厌倦游宦生涯。
⑦ 寒食:节日名。在清明前一日或二日。相传春秋时晋文公负其功臣介之推。介愤而隐于绵山。文公悔悟,烧山逼令出

仕,之推抱树焚死。人民同情介之推的遭遇,相约于其忌日禁火冷食,以为悼念。以后相沿成俗,谓之寒食。
⑧ 行云:指男女欢爱用巫山神女之典。语本战国楚宋玉《高唐赋》序:"旦为朝云,暮为行雨。"谓神女。孤山:山名。在浙江杭州西湖中,孤峰独耸,秀丽清幽。
⑨ 寄新吟三句:旧有雁足传书之说。句意为记得将新作寄来,不要让五湖春天的大雁空自回来。新吟,新作的诗词。五湖,古代吴越地区湖泊。

三姝媚①

吹笙池上道②。为王孙重来,旋生芳草③。水石清寒,过半春犹自,燕沈莺悄。稚柳阑干④,晴荡漾、禁烟残照⑤。往事依然,争忍重听,怨红凄调⑥。曲榭方亭初扫⑦。印藓迹双鸳⑧,记穿林窈⑨。顿来年华,似梦回花上,露晞平晓⑩。恨逐孤鸿⑪,客又去、清明还到。便鞚墙头归骑,青梅已老⑫。

注释

① 词人重回昔日留情之地,抒发物是人非的感伤。

② 吹笙:喻饮酒。
③ "为王孙"二句:语出《楚辞·淮南小山〈招隐士〉》:"王孙游兮不归,春草生兮萋萋。"王孙,旧时对人的尊称。
④ 阑干:横斜貌。
⑤ 禁烟:犹禁火。亦指寒食节,在清明前一日或二日,相传春秋时晋文公负其功臣介之推。介愤而隐于绵山。文公悔悟,烧山逼令出仕,之推抱树焚死。人民同情介之推的遭遇,相约于其忌日禁火冷食,以为悼念。以后相沿成俗,谓之寒食。
残照:落日余晖。
⑥ 怨红:哀怨的女子。
⑦ 榭:建在高台上的木屋。多为游观之所。
⑧ 双鸳:一对鸳鸯。指女子的一双绣鞋。
⑨ 窈(yǎo):幽深。
⑩ 露晞(xī):语出《诗·秦风·蒹葭》:"蒹葭萋萋,白露未晞。"晞,干。平晓:犹平明。天刚亮的时候。
⑪ 恨逐孤鸿:语出杜牧《题安州浮云寺楼寄湖州张郎中》诗:"恨如春草多,事与孤鸿去。"
⑫ "便鞚(kòng)"二句:语出唐李白《长干行》之一:"郎骑竹马来,绕床弄青梅。同居长干里,两小无嫌猜。"唐白居易《井底引银瓶》诗:"妾弄青梅凭短墙,君骑白马傍垂杨。墙头马上遥相顾,一见知君即断肠。"鞚,马笼头。引申为谓控制、驾驭马匹。

尉迟杯①

赋杨公小蓬莱②

垂杨径③。洞钥启④,时遣流莺迎⑤。涓涓暗谷流红,应有缃桃千顷⑥。临池笑靥⑦,春色满、铜华弄妆影⑧。记年时⑨、试酒湖阴⑩,褪花曾采新杏⑪。　蛛窗绣网玄经⑫,巉石砚开奁⑬,雨润云凝⑭。小小蓬莱香一掬⑮,愁不到、朱娇翠靓。清尊伴、人间永日⑯,断琴和⑰、棋声竹露泠⑱。笑从前、醉卧红尘⑲,不知仙在人境。

注释

① 该词描写友人和家园林的幽美及其逍遥风流的生活。
② 杨公:杨伯喦。厉鹗《绝妙好词笺》:"伯喦,字彦瞻,号泳斋,杨和王诸孙,居临安淳祐间。除工部郎,出守衢州。钱唐薛尚功之外孙,弁阳周公谨之外舅也。有《六帖补》二十卷、《九经补韵》一卷行世。"小蓬莱:杨氏私家园林。
③ 垂杨:垂柳。古诗文中杨柳常通用。
④ 洞钥(yuè):洞府的锁。此指杨府园林的大门。洞,指桃花源的入口。张旭《桃花溪》诗:"桃花尽日随流水,洞在清溪何处边。"语出晋陶潜《桃花源记》:"武陵人捕鱼为业,缘溪行,忘

路之远近,忽逢桃花林,夹岸数百步,中无杂树,芳草鲜美,落英缤纷。渔人甚异之,复前行,欲穷其林。林尽水源,便得一山。山有小口,仿佛若有光,便舍船从口入。"钥,门下上贯横闩、下插入地的直木或直铁棍。泛指锁。

⑤ 流莺:即莺。此指侍女。
⑥ "涓涓"二句:《太平广记》卷四十一引《幽明录》:"剡县刘晨、阮肇共入天台山取谷皮,迷不得返。经十余日,粮尽饥馁殆死。遥望山上有一桃树,大有子实,而绝岩邃涧,了无登路,攀葛扪萝至上,噉数枚而饥止体充,复下山持杯取水饮,步进渐见芜菁叶从山腹流出,甚鲜新,复一杯流出,有胡麻饭,相谓曰:'此处去人径不远。'度山出一大溪,溪边有二女子,资质妙绝,见二女持杯出便笑曰:'刘阮二郎捉向所失流杯来。'晨肇既不识之,二女便呼其姓,如似有相见,忻喜问:'来何晚耶?'……有胡麻饭、山羊脯甚美。食毕行酒,有群女来,各持三五桃子,笑而言贺女胥来。"流红,指漂流在水中的落花。缃(xiāng)桃:即缃核桃。结浅红色果实的桃树。亦指这种树的花或果实。顷(qǐng):土地面积单位。百亩为顷。
⑦ 笑靥(yè):实指桃花。以花朵喻美女,古诗文中的常用手法。靥,面颊上的微窝,俗称酒窝,泛指面颊。
⑧ 铜华:指菱花镜,古代铜镜,镜多为六角形或背面刻有菱花者名菱花镜。
⑨ 年时:当年,往年时节。
⑩ 试酒:品尝新酿成的酒。湖阴:湖的南边。《宋史·苏过传》:

"(过)遂家颍昌,营湖阴水竹数亩,名曰小斜川,自号斜川居士。"阴,水的南面或山的北面。

⑪ 褪(tùn)花曾采新杏:语出朱敦儒《浣溪沙》:"脱箨修篁初散绿,褪花新杏未成酸。"褪,(花)萎谢。

⑫ 蛛窗绣网玄经:用扬雄比喻杨伯嵒,扬、杨音同。形容主人的潜心学问,淡泊自守。《汉书·扬雄传》:"时雄方草《太玄》,有以自守,泊如也。"玄经,指汉扬雄的《太玄》。

⑬ 纔(cái):亦作"才"。奁(lián):古代盛梳妆用品的器具。泛指盒匣一类的盛物器具。此指砚匣。

⑭ 雨润云凝:语出苏轼《书轩》诗:"雨昏石砚寒云色,风动牙签乱叶声。"

⑮ 小小蓬莱:语出元稹《州宅》诗:"我是玉皇香案吏,谪居犹得小蓬莱。"蓬莱,蓬莱山。古代传说中的神山名,亦常泛指仙境。《史记·封禅书》:"自威、宣、燕昭使人入海求蓬莱、方丈、瀛洲,此三神山者,其傅在勃海中。"香一掬:语出唐于良史《春山夜月》诗:"掬水月在手,弄花香满衣。"

⑯ 永日:长日。

⑰ 断琴:据《吕氏春秋·本味》载,伯乐善鼓琴,钟子期为其知音。钟子期亡故,伯乐为之破琴绝弦,终身不复鼓琴。此喻琴技高超。和(hè):以声相应。

⑱ "清尊"二句:语出李远《残句》:"青山不厌三杯酒,长日惟消一局棋。"清尊,亦作"清樽"。酒器,亦借指清酒。断琴,据《吕氏春秋·本味》载,伯牙善鼓琴,钟子期为其知音。钟子

期亡故,伯牙为之破琴绝弦,终身不复鼓琴。后以"断琴"为痛惜知音死亡之典。此指琴声的余响。泠,象声词。亦形容声音清越。

⑲ 红尘:车马扬起的飞尘。这里指繁华之地。

拜星月慢①

姜石帚以盆莲数十置中庭②,宴客其中

绛雪生凉③,碧霞笼夜④,小立中庭芜地⑤。昨梦西湖⑥,老扁舟身世⑦。叹游荡,暂赏、吟花酌露尊俎⑧,冷玉红香罍洗⑨。眼眩魂迷,古陶洲十里⑩。　翠参差⑪、澹月平芳砌⑫。砖花涴、小浪鱼鳞起⑬。雾盖浅障青罗⑭,洗湘娥春腻⑮。荡兰烟、麝馥浓侵醉⑯。吹不散、绣屋重门闭⑰。又怕便、绿减西风⑱,泣秋檠烛外⑲。

注释

① 该词记雅宴情形兼咏荷花。
② 姜石帚:湖州乌程人。早年隐居于乌程苕雪溪畔,中年曾坐

馆杭州水磨头方氏。姜氏与吴文英相交近四十年。中庭:庭院;庭院之中。

③ 绛雪:比喻红色花朵。此指荷花。

④ 碧霞:此喻荷叶。

⑤ 小立:暂时立住。中庭:庭院之中。芜:野草丛生。

⑥ 西湖:西湖多种荷花。柳永《望海潮》:"重湖叠巘清嘉。有三秋桂子,十里荷花。"

⑦ 扁(piān)舟身世:指浪迹江湖的生涯。扁舟,小船。《史记·货殖列传》:"范蠡既雪会稽之耻,乃喟然而叹曰:'计然之策七,越用其五而得意。既已施于国,吾欲用之家。'乃乘扁舟浮于江湖。"

⑧ 尊俎(zǔ):古代盛酒肉的器皿。尊,盛酒器。俎,置肉之几。

⑨ 红香:谓色红而味香。罍(léi)洗:古代祭祀或进食前用以洁手的器皿。罍盛清水,用枓取水洁手,下承以洗。

⑩ 陶洲:古地名。在今湖南耒阳。有湖泊,多荷花。

⑪ 翠参差:语出杜衍《咏莲》:"凿破苍苔涨作池,芰荷分得绿参差。"翠,此指荷叶。参差,不齐貌。

⑫ 澹月:清淡的月光。芳砌:台阶的美称。

⑬ "砖花"二句:以水比喻洒落地面的月光。苏轼《记承天寺夜游》:"元丰六年十月十二日夜,解衣欲睡,月色入户,欣然起行,念无与乐者,遂至承天寺寻张怀民,亦未寝,相与步于中庭,庭下如积水空明,水中藻荇交横,盖竹柏影也。"小浪鱼鳞,语出温庭筠《东郊行》:"绿渚幽香生白苹,差差小浪吹鱼鳞。"砖花,

(地面上)砖头铺成的图案。滉(huàng),波动,摇荡。

⑭ 盎:洋溢。障:屏风;步障。青罗:青色丝织物。

⑮ 湘娥:指湘妃。舜二妃娥皇、女英。相传二妃没于湘水,遂为湘水之神。此指荷花。因屈原《离骚》中有"制芰荷以为衣兮,集芙蓉以为裳"之句,吴文英乃以荷花为湘楚之花,故喻称湘娥。

⑯ "荡兰烟"句:飘荡着浓郁的荷花水气和香气侵袭着醉意。兰烟,芳香的烟气。此指荷花散发的水气。麝馥(fù),麝香。雄麝脐部香腺中的分泌物。干燥后呈颗粒状或块状,作香料或药用,此指荷花的芳香。梁简文帝《南湖》诗:"荷香乱衣麝,桡声随急流。"馥,香气浓郁。

⑰ 绣屋:指莲房。即莲蓬。莲花开过后的花托,倒圆锥形,有许多小孔,各孔分隔如房。

⑱ 西风:西面吹来的风,多指秋风。

⑲ 檠(qíng):烛台;灯台。

庆春宫①

残叶翻浓,余香栖苦,障风怨动秋声②。云影摇寒,波尘锁腻③,翠房人去深扃④。书成凄黯⑤,雁飞过、垂杨转青。阑干横暮,酥印痕香⑥,玉腕谁凭⑦。　　菱花乍失娉婷⑧。别岸围红⑨,千艳倾城⑩。重洗清杯⑪,同追深夜⑫,豆花寒落愁灯⑬。近欢成梦,断云隔、巫山几层⑭。偷相怜处⑮,熏尽金篝⑯,销瘦云英⑰。

注释

① 该词追忆离去的情人。
② 障风:屏风。
③ 波尘:曹植《洛神赋》:"凌波微步,罗袜生尘。"
④ 翠房人去:李群玉《伤思》:"不见棹歌人,空垂绿房子。"欧阳修《渔家傲》:"雨摆风摇金蕊碎。合欢枝上香房翠。莲子与人长厮类。无好意。年年苦在中心里。"翠房,既可理解为女子闺房,也可理解为莲房。莲房,即莲蓬。莲花开过后的花托,倒圆锥形,有许多小孔,各孔分隔如房,故名。扃(jiōng):从外关闭门户的门闩。关闭。
⑤ 书成:书信写完。凄黯:凄惨暗淡。
⑥ 酥印痕香:形容女子肌肤在栏杆上留下的香泽。
⑦ 凭:靠着。
⑧ 菱花:菱的花。乍:突然;忽然。娉(pīng)婷:姿态美好貌。
⑨ 别岸:分别的河岸。围红:指围绕的荷花。又,谓以妓女围绕作屏。语出五代王仁裕《开元天宝遗事·妓围》:"申王每至

冬月,有风雪苦寒之际,使宫妓密围于坐侧以御寒气,自呼为'妓围'。"

⑩ 倾城:旧以形容女子极其美丽。语出《汉书·外戚传上·李夫人》:"延年侍上起舞,歌曰:'北方有佳人,绝世而独立,一顾倾人城,再顾倾人国。宁不知倾城与倾国,佳人难再得!'"

⑪ 重洗清杯:指饮酒。又,古有荷叶杯。荷叶中心凹处下连茎,可刺穿茎作酒器饮用。语出庾信《奉和赵王喜雨》诗:"白沙如湿粉,莲华类洗杯。"清杯,盛清酒的杯子。

⑫ 追:追忆。

⑬ 豆花:喻微弱的灯火。

⑭ "近欢"三句:语出宋玉《高唐赋》序:"昔者楚襄王与宋玉游于云梦之台,望高唐之观,其上独有云气……王问玉曰:'此何气也?'玉对曰:'所谓朝云者也。'王曰:'何谓朝云?'玉曰:'昔者先王尝游高唐,怠而昼寝,梦见一妇人曰:妾巫山之女也,为高唐之客,闻君游高唐,愿荐枕席。王因幸之。去而辞曰:妾在巫山之阳,高丘之岨,旦为朝云,暮为行雨。朝朝暮暮,阳台之下。'"

⑮ 怜:爱。

⑯ 熏:火烟。金篝(gōu):铜制的熏笼。篝,上大下小而长,可以盛物的竹笼。这里指熏笼。

⑰ 云英:唐代钟陵著名歌姬名。唐罗隐《嘲钟陵妓云英》诗:"钟陵醉别十余春,重见云英掌上身。我未成名君未嫁,可能俱是不如人!"后亦泛指歌女或成年未嫁的女子。

夜合花①

白鹤江入京,泊葑门外有感②。

柳暝河桥,莺喑台苑③,短策频惹春香④。当时夜泊,温柔便入深乡⑤。词韵窄⑥,酒杯长⑦,翦蜡花⑧、壶箭催忙⑨。共追游处⑩,凌波翠陌,连樟横塘⑪。　　十年一梦凄凉。似西湖燕去⑫,吴馆巢荒⑬。重来万感,依前唤酒银罂⑭。溪雨急,岸花狂。趁残鸦⑮、飞过苍茫。故人楼上,凭谁指与⑯,芳草斜阳。

注释

① 词人故地重来,追念往昔欢愉。
② 鹤江:水名。即今之吴淞江,也称苏州河。葑(fēng)门:苏州东城门。
③ 喑(yīn):哑。台苑:楼台园囿。
④ 短策:短的马鞭。
⑤ 温柔便入深乡:语出汉伶玄《赵飞燕外传》:"是夜进合德,帝大悦,以辅属体,无所不靡,谓为温柔乡。语嫕曰:'吾老是乡矣,不能效武皇帝求白云乡也。'"温柔乡,喻美色迷人之境。
⑥ 词韵窄:谓用险韵填词。

⑦ 酒杯长:语出杜甫《夜宴左氏庄》:"检书烧烛短,看剑引杯长。"
⑧ 蜡花:蜡烛燃点时,烛心结成的花状物。
⑨ 壶箭:壶漏中指示刻度的箭筹。壶漏,古代定时器的一种。
⑩ 追游:寻胜而游;追随游览。
⑪ "凌波"二句:语出宋贺铸《青玉案·横塘路》词:"凌波不过横塘路,但目送、芳尘去。"凌波,比喻美人步履轻盈,如乘碧波而行。语出曹植《洛神赋》:"凌波微步,罗袜生尘。"陌,田间东西或南北小路。又指道路。棹(zhào),船桨。横塘,古堤名。在江苏省吴县西南。
⑫ 燕:燕子。又,燕姞的省称。燕姞,春秋时郑文公妾。后用以泛指姬妾。
⑬ 吴馆:指春秋吴王夫差所筑的馆娃宫。遗址在今江苏吴县灵岩山。
⑭ 银罂(yīng):银质或银饰的贮器。用以盛流质。罂,古代盛酒或水的瓦器,小口大腹,较缶为人。亦有木制者。
⑮ 趁:追逐;追赶。
⑯ 凭:请求;烦劳。

惜黄花慢①

次吴江②,小泊,夜饮僧窗惜别③。邦人赵簿携

32

小妓侑尊④,连歌数阕⑤,皆清真词⑥。酒尽已四鼓,赋此词饯尹梅津⑦。　　送客吴皋⑧。正试霜夜冷⑨,枫落长桥⑩。望天不尽,背城渐杳⑪,离亭黯黯⑫,恨水迢迢⑬。翠香零落红衣老⑭,暮愁锁、残柳眉梢⑮。念瘦腰⑯。沈郎旧日⑰,曾系兰桡⑱。　　仙人凤咽琼箫⑲,怅断魂送远,《九辩》难招⑳。醉鬟留盼,小窗剪烛㉑,歌云载恨㉒,飞上银霄。素秋不解随船去㉓,败红趁㉔、一叶寒涛。梦翠翘㉕。怨鸿料过南谯㉖。

注释

① 该词写送别友人之际的哀怨情怀。

② 次:停留。吴江:吴淞江的别称。

③ 僧窗:僧寺的窗户。

④ 邦人:同乡。侑(yòu)尊:助饮兴,劝酒。尊,酒器。

⑤ 阕:歌曲或词一首叫一阕。

⑥ 清真:周邦彦,字美成,号清真居士。钱塘人。少年时落拓不羁。二十四岁入太学读书,因献《汴都赋》,由诸生提举为太学正。历任地方官职多年。徽宗时提举大晟府(中央音乐机关)。精通音律,能自制新曲,在大晟府时,致力于搜集整理审定词调,对词在音律方面的发展有很大贡献。后世目为集

大成者,又善于融化前人诗句入词而如己出,浑然天成。他的格律化词风对南宋姜夔、吴文英一派词人及后世词坛影响很大。但题材比较单调,所作不外羁旅之愁,相思之苦。有《清真集》(又名《片玉集》)传世。

⑦ 饯(jiàn):设酒食送行。古代一种礼仪。

⑧ 皋(gāo):岸;水边地。

⑨ 试霜:犹初霜。

⑩ 长桥:桥名。在江苏省宜兴市,建于东汉时,相传为晋周处斩蛟处,又名蛟桥。桥跨荆溪,又名荆溪桥。

⑪ 背城渐杳(yǎo):语出《太平广记》卷二百七十四引《闽川名士传》:"欧阳詹,字行周。泉州晋江人,弱冠能属文,天纵浩汗。贞元年,登进士第,毕关试,薄游太原。于乐籍中,因有所悦,情甚相得。及归,乃与之盟曰:'至都当相迎耳。'即洒泣而别,仍赠之诗曰:'驱马渐觉远,回头长路尘。高城已不见,况复城中人。去意既未甘,居情谅多辛。五原东北晋,千里西南秦。一屦不出门,一车无停轮。流萍与系瓠,早晚期相亲。'"杳,幽暗;消失。

⑫ 离亭:古代建于离城稍远的道旁供人歇息的亭子。古人往往于此送别。黯黯:沮丧忧愁貌。

⑬ 恨水迢迢:语出欧阳修《踏莎行》:"离愁渐远渐无穷,迢迢不断如春水。"恨水,又指银河。传说牛郎织女因为银河的阻隔而无法相见。

⑭ 翠香零落红衣老:既指花草零落,又指红颜老却。红衣,红色

衣裳。又,荷花瓣的别称。

⑮ "暮愁"二句:写柳喻人。柳眉,指柳叶。因柳叶细长如眉,故称。又形容女子细长秀美之眉。

⑯ 瘦腰:语出唐孟棨《本事诗·事感》:"白尚书姬人樊素善歌,妓人小蛮善舞。尝为诗曰:'樱桃樊素口,杨柳小蛮腰。'"这里既写柳树枝干,又写女子细腰。

⑰ 沈郎:指南朝梁沈约。《梁书·沈约传》载:沈约与徐勉素善,遂以书陈情于勉,言己老病,"百日数旬,革带常应移孔,以手握臂,率计月小半分。以此推算,岂能支久?"后因以"沈腰"作为腰围瘦减的代称。

⑱ 兰桡(ráo):小舟的美称。兰,木兰。南朝梁任昉《述异记》卷下:"木兰洲在浔阳江中,多木兰树。昔吴王阖闾植木兰于此,用构宫殿也。七里洲中,有鲁般刻木兰为舟,舟至今在洲中。诗家云木兰舟,出于此。"桡,船桨。

⑲ 仙人凤咽琼箫:相传为春秋秦穆公时有萧史,善吹箫,能致孔雀白鹤于庭。穆公以女弄玉妻之。萧史日教弄玉吹箫作凤鸣,后凤凰来集其屋。穆公筑凤台,使萧史夫妇居其上,数年后,皆随凤凰飞去。

⑳ 九辩:《楚辞》篇名,也作《九辨》。汉王逸《〈九辩〉序》:"宋玉者,屈原弟子也,闵惜其师忠而放逐,故作《九辩》以述其志。"后亦作为吊亡哀伤的文章之代称。

㉑ 翦烛:语出唐李商隐《夜雨寄北》诗:"何当共翦西窗烛,却话巴山夜雨时。"谓剪烛芯。后以"翦烛"为促膝夜谈之典。

㉒ 歌云:指动听的歌声。典出《列子·汤问》:"薛谭学讴于秦青,未穷青之技,自谓尽之,遂辞归。秦青弗止;饯于郊衢,抚节悲歌,声振林木,响遏行云。薛谭乃谢求反,终身不敢言归。"
㉓ 素秋:秋季。古代五行之说,秋属金,其色白,故称素秋。
㉔ 败红:败落的花朵。趁:追逐。
㉕ 翠翘:翠鸟尾上的长羽。又指古代妇人首饰的一种。状似翠鸟尾上的长羽,故名。
㉖ 怨鸿:自喻。鸿,大雁。南谯:地名。在今安徽滁县西南。南朝梁在汉全椒县地侨置南谯州,北齐移治新昌郡,隋改为滁州。

渡江云三犯①

西湖清明②

羞红颦浅恨③,晚风未落④,片绣点重茵⑤。旧堤分燕尾⑥,桂棹轻鸥,宝勒倚残云⑦。千丝怨碧⑧,渐路入、仙坞迷津⑨。肠漫回⑩,隔花时见,背面楚腰身⑪。　逡巡⑫。题门惆怅⑬,堕履牵萦⑭,数幽期难准⑮。还始觉、留情缘眼⑯,宽带因春⑰。明朝事与孤烟冷⑱，做满湖、风雨愁人。山黛暝⑲，尘波澹绿无痕⑳。

注释

① 该词上阕主要写西湖春景，下阕主要写男女之情。

② 西湖：指浙江杭州西湖。清明：宋代清明有踏青狂欢的习俗。

③ 羞红颦浅恨：羞涩的红花皱着眉头带着淡淡的遗憾。语出岑参《敷水歌送窦渐入京》诗："岸花仍自羞红脸，堤柳犹能学翠眉。"此句写花。

④ 落：止息；停留。

⑤ 片绣：此指片片落花。重茵：此指厚厚的草地。茵，指成片的嫩草。

⑥ 旧堤分燕尾：指西湖苏堤、白堤交汇之处，形如燕尾。燕尾，燕尾分叉像剪刀，因用以摹状末端分叉的东西。

⑦ 宝勒倚残云：语出杜甫《重题郑氏东亭》诗："向晚寻征路，残云傍马飞。"宝勒，装饰华贵的马络头。借指装饰华贵的马。

⑧ 千丝：指柳枝。

⑨ 仙坞迷津：东汉永平年间，刘晨、阮肇至天台山采药迷路，途经桃花溪，遇二仙女，蹉跎半年始归。时已入晋，子孙已过七代。后复入天台山寻访，旧踪渺然。又，晋陶潜《桃花源记》："太守即遣人随其往，寻向所志，遂迷，不复得路。南阳刘子骥，高尚士也；闻之，欣然规往。未果，寻病终。后遂无问津

渡江云三犯（羞红鬐浅恨）

者。"坞,四面如屏的花木深处。迷津,迷失津渡;迷路。

⑩ 肠回,形容内心焦虑不安,仿佛肠子被牵转一样。漫:副词。空,徒然。

⑪ "隔花"二句:语出宋苏轼《续丽人行》序:"李仲谋家有周昉画背面欠伸内人,极精。"诗曰:"隔花临水时一见,只许腰肢背后看。"楚腰,女子的细腰。《韩非子·二柄》:"楚灵王好细腰,而国中多饿人。"

⑫ 逡(qūn)巡:徘徊不进;滞留。

⑬ 题门:用崔护题诗事。崔护清明日游城外,叩一庄门求饮,有一女以杯浆遗护,意属甚厚。明年思其人,复往叩门,久无人应。因书一绝于门,云:"去年今日此门中,人面桃花相映红。人面不知何处去?桃花依旧笑东风。"

⑭ 堕履:语出汉贾谊《新书·谕诚》:"昔楚昭王与吴人战,楚军败,昭王走,履决,背而行,失之。行三十步,复旋取履。及至于隋,左右问曰:'王何曾惜一踦履乎?'昭王曰:'楚国虽贫,岂爱一踦履哉!思与偕反也。'自是之后,楚国之俗无相弃者。"又,《旧唐书·杨贵妃传》:"玄宗每年十月幸华清宫,国忠姊妹五家扈从,每家为一队,着一色衣,五家合队,照映如百花之焕发,而遗钿坠舄,瑟瑟珠翠,璨璨芳馥于路。"牵萦:纠缠;牵挂。

⑮ 幽期:指男女间的幽会。

⑯ 缘:由于。

⑰ 宽带:衣带宽松,形容腰变瘦。

⑱ 孤烟:远处独起的炊烟。烟冷:相传春秋时晋文公负其功臣介之推。介愤而隐于绵山。文公悔悟,烧山逼令出仕,之推抱树焚死。人民同情介之推的遭遇,相约于其忌日禁火冷食,以为悼念。以后相沿成俗,谓之寒食。

⑲ 山黛:青葱浓郁的山色。

⑳ 尘波:初春时嫩柳倒映水中而呈鹅黄色的春水。尘,指曲尘。酒曲上所生菌。因色淡黄如尘,亦用以指淡黄色。借指柳树,柳条。嫩柳叶色鹅黄。

霜叶飞①

重 九②

断烟离绪③。关心事,斜阳红隐霜树。半壶秋水荐黄花④,香噀西风雨⑤。纵玉勒⑥、轻飞迅羽⑦。凄凉谁吊荒台古⑧。记醉踏南屏⑨,彩扇咽寒蝉⑩,倦梦不知蛮素⑪。　聊对旧节传杯⑫,尘笺蠹管,断阕经岁慵赋⑬。小蟾斜影转东篱⑭,夜冷残蛩语⑮。早白发、缘愁万缕⑯。惊飙从卷乌纱去⑰。漫细将、茱萸看⑱,但约明年,翠微高处⑲。

40

注释

① 该词写重阳登高游宴时的落寞情怀。

② 重九:指农历九月初九日,又称重阳。古以九为阳数之极,九月九日故称"重九"或"重阳"。魏晋后,习俗于此日登高游宴。

③ 断烟离绪:语出徐坚《饯许州宋司马赴任》诗:"断烟伤别望,零雨送离杯。"此以断烟比喻离绪。断烟,孤烟。离绪,惜别时的绵绵情思。

④ 半壶秋水荐黄花:语出苏轼《书林逋诗后》:"不然配食水仙王,一盏寒泉荐秋菊。"荐,进献。

⑤ 香噀(xùn)西风雨:语出史铸集句诗《黄菊二十首》之十四:"香雾霏霏欲噀人,黄花又是一番新。"噀,含在口中而喷出。

⑥ 纵:放。玉勒:玉饰的马络头。

⑦ 轻飞迅羽:以飞鸟比喻马疾驰。轻飞,指善飞的禽鸟。迅羽,迅疾的飞鸟。

⑧ 吊荒台:语出《南齐书·礼志上》:"宋武为宋公,在彭城。九日出项羽戏马台,至今相承以为旧准。"戏马台,古迹名。在江苏省铜山县南。即项羽凉马台。晋义熙中,刘裕曾大会宾客赋诗于此。

⑨ 南屏:山名。在浙江省杭州市,为西湖胜景之一。

⑩ 彩扇咽寒蝉:语出陈张正见《怨歌行》诗:"歌扇掩团纱,寒蝉噪杨柳。"彩扇,歌扇。歌舞时用的扇子。

⑪ 蛮素:指唐白居易的舞妓小蛮和樊素。语出唐孟棨《本事诗·

事感》:"白尚书姬人樊素善歌,妓人小蛮善舞。尝为诗曰:'樱桃樊素口,杨柳小蛮腰。'"

⑫ 旧节传杯:语出唐杜甫《九日》诗之二:"旧日重阳日,传杯不放杯。"仇兆鳌注引明王嗣奭《杜臆》:"'传杯不放杯',见古人只用一杯,诸客传饮。"传杯,谓宴饮中传递酒杯劝酒。

⑬ 断阕:指之前没有完成的重九词。阕,歌曲或词一首叫一阕。

⑭ 小蟾:指月亮。蟾,传说月中有蟾蜍,因借指月亮、月光。

⑮ 蛩(qióng):蟋蟀的别名。

⑯ "早白发"句:语出李白《秋浦歌十七首》之十六:"白发三千丈,缘愁似个长。"

⑰ 惊飙从卷乌纱:语出《晋书·孟嘉传》:"(嘉)后为征西桓温参军,温甚重之。九月九日,温燕龙山,寮佐毕集。时佐吏并着戎服,有风至,吹嘉帽堕落,嘉不之觉。温使左右勿言,欲观其举止。嘉良久如厕,温令取还之,命孙盛作文嘲嘉,着嘉坐处。嘉还见,即答之,其文甚美,四坐嗟叹。"从,任凭;听凭。乌纱,指古代官员所戴的乌纱帽。东晋成帝时宫官着乌帢。南朝宋始有乌纱帽,直至隋代均为官服。唐初曾贵贱均用,以后各代仍多为官服。后泛指帽子。

⑱ 茱萸(zhūyú):植物名。香气辛烈,可入药。古俗农历九月九日重阳节,佩茱萸能祛邪辟恶。

⑲ 翠微:指青翠掩映的山腰幽深处。泛指青山。

齐天乐①

齐云楼②

凌朝一片阳台影③,飞来太空不去④。栋与参横⑤,帘钩斗曲⑥,西北城高几许。天声似语⑦。便阊阖轻排⑧,虹河平遡⑨。问几阴晴,霸吴平地漫今古⑩。　　西山横黛瞰碧⑪,眼明应不到,烟际沈鹭。卧笛长吟,层霾乍裂⑫,寒月溟蒙千里⑬。凭虚醉舞⑭。梦凝白阑干⑮,化为飞雾。净洗青红⑯,骤飞沧海雨。

注释

① 该词极写齐云楼之高,以及登楼眺望的情怀。
② 齐云楼:古楼名。旧在江苏苏州子城上,唐曹恭王所建。白居易有《齐云楼晚望》诗。宋朱长文《吴郡图经续记》:"白乐天于西楼命宴,齐云楼晚望,皆有篇什。所谓池阁者,盖今之后楼也;西楼者,盖今之观风楼也;齐云楼者,盖今之飞云阁也。"
③ 凌朝:犹凌晨。阳台:男女欢会之所。战国楚宋玉《高唐赋》序:"昔者先王尝游高唐,怠而昼寝,梦见一妇人,曰:'妾巫山之女也,为高唐之客,闻君游高唐,愿荐枕席。'王因幸之。去

而辞曰:'妾在巫山之阳,高丘之岨,旦为朝云,暮为行雨,朝朝暮暮,阳台之下。'"

④ 太空:天空。

⑤ 参(shēn):星名,二十八宿之一。

⑥ 帘钩斗曲:谓帘可以钩到北斗星的斗魁。斗,星宿名。因像斗形,故以为名。指北斗七星。其中一至四为斗魁,又名"璇玑";五至七为斗柄,又名"玉衡"。

⑦ 天声似语:语出李白《飞龙引二首》之二:"造天关,闻天语,长云河车载玉女。"天声,天上的声响,如雷声、风声等。

⑧ 阊阖(chāng hé)轻排:语出《楚辞·远游》:"命天阍其开关兮,排阊阖而望予。"阊阖,传说中的天门。排,推开。

⑨ 虹河:银河。

⑩ 霸吴:吴王夫差是春秋五霸之一,故称。漫:广远貌。

⑪ 黛:青黑色的颜料。古时女子用以画眉。此指青山。瞰(kàn):远望。碧:指代绿水。

⑫ "卧笛"二句:语出《唐国史补》卷下:"李舟好事,尝得村舍烟竹截以为笛,坚如铁石,以遗李牟,牟吹笛天下第一。月夜泛江,维舟吹之,寥亮逸发,上彻云表。俄有客独立于岸,呼船请载。既至,请笛而吹,甚为精壮,山河可裂,牟平生未尝见。及入破,呼吸盘擗,其笛应声粉碎,客散不知所之。舟著《记》,疑其蛟龙也。"卧笛,横笛。层霾,重重的沙尘。

⑬ 溟蒙:昏暗;模糊不清,引申为朦胧。

⑭ 凭虚:凌空。

⑮ 凝:定;专注。白阑干:白云纵横。白,指白云。切合"齐云楼"之事。
⑯ 青红:青色和红色。常用以指代颜料、胭脂粉黛、彩霞、灯彩等。

齐天乐①

赠姜石帚②

余香纔润鸾绡汗③,秋风夜来先起。雾锁林深,蓝浮野阔④,一笛渔蓑鸥外。红尘万里。就中决银河⑤,冷涵空翠⑥。岸嘴沙平⑦,水杨阴下晚初檥⑧。　桃溪人住最久⑨,浪吟谁得到,兰蕙疏绮⑩。砚色寒云,签声乱叶⑪,蕲竹簟纹如水⑫。笙歌醉里⑬。步明月丁东,静传环佩⑭。更展芳塘⑮,种花招燕子。

注释

① 该词描绘友人优雅脱俗的生活情态。
② 姜石帚:湖州乌程人。早年隐居于乌程苕霅溪畔,中年曾坐

馆杭州水磨头方氏。姜氏与吴文英相交近四十年。

③ 鸾绡(xiāo):绣有鸾形图饰的绢裙。

④ 蓝:此泛指蓝绿色植物。

⑤ 中决银河:喻水流激荡。

⑥ 涵:沉浸;浸润。空翠:指绿色的草木。

⑦ 岸嘴:岸边突出的地方。

⑧ 水杨:蒲柳,一种入秋就凋零的树木。檥(yǐ):立木,引申为使船靠岸。

⑨ 桃溪:指桃花溪。东汉永平年间,刘晨、阮肇至天台山采药迷路,途经桃花溪,遇二仙女,蹉跎半年始归。时已入晋,子孙已过七代。后复入天台山寻访,旧踪渺然。

⑩ 兰蕙:兰和蕙。皆香草,多连用以喻贤者。疏绮:犹绮疏。指雕刻成空心花纹的窗户。

⑪ 砚色寒云:语出苏轼《书轩》诗:"雨昏石砚寒云色,风动牙签乱叶声。"签:指书签。悬丁卷轴一端或贴于封面的署有书名的竹、牙片,纸或绢条。

⑫ 蕲(qí)竹:湖北蕲春所产的竹,可作簟、笛、杖。

⑬ 笙歌:合笙之歌,亦谓吹笙唱歌。

⑭ "明月"二句:语出杜甫《咏怀古迹》之三:"画图省识春风面,环佩空归月夜魂。"丁东,此指环佩之声。环佩,古人所系的佩玉。后多指女子所佩的玉饰。

⑮ 展:扩大。

齐天乐①

与冯深居登禹陵②

三千年事残鸦外③,无言倦凭秋树。逝水移川④,高陵变谷⑤,那识当时神禹。幽云怪雨。翠萍湿空梁,夜深飞去⑥。雁起青天,数行书似旧藏处⑦。　　寂寥西窗久坐,故人悭会遇⑧,同翦灯语⑨。积藓残碑⑩,零圭断璧,重拂人间尘土⑪。霜红罢舞⑫。漫山色青青,雾朝烟暮。岸锁春船⑬,画旗喧赛鼓⑭。

注释

① 与友人登会稽山凭吊古今。
② 冯深居:即冯去非(1192～1272以后),字可迁,号深居。南康都昌(今江西省都昌县)人。淳祐元年(1241)进士。宝祐五年(1257),罢归庐山,不复仕。论诗以气节自尚。年八十余卒。去非与丞相程元凤、参知政事蔡抗善。《宋史》有传。禹陵:又称"禹穴"。相传为夏禹的葬地。在今浙江省绍兴之会稽山。《史记·太史公自序》:"二十而南游江、淮,上会稽,探禹穴。"裴骃集解引张晏曰:"禹巡狩至会稽而崩,因葬焉。上有孔穴,民间云禹入此穴。"
③ 三千年:从夏禹至南宋约三千多年。
④ 逝水:比喻流逝的光阴。《论语·子罕》:"子在川上曰:'逝者

如斯夫！不舍昼夜。'"移川：喻指大禹治水之事。

⑤ 高陵变谷：山陵变成深谷，喻人世间的重大变迁。《左传·昭公三十二年》："社稷无常奉，君臣无常位，自古以然。故《诗》曰：'高岸为谷，深谷为陵。'"

⑥ "幽云"三句：《会稽志》卷六："禹庙在县东南一十二里，《越绝书》云：少康立祠于禹陵所。梁时修庙，唯欠一梁。俄风雨大至，湖中得一木，取以为梁，即梅梁也。夜或大雷雨，梁辄失去，比复归，水草被其上。人以为神，縻以大铁绳，然犹时一失之。"

⑦ 雁书，又称"雁字"，成列而飞的雁群。群雁飞行时常排成"一"或"人"字，故称。语出唐白居易《江楼晚眺景物鲜奇吟玩成篇寄水部张员外》诗："风翻白浪花千片，雁点青天字一行。"旧藏处：相传禹于会稽宛委山。得黄帝之书而复藏之。唐李白《送二季之江东》诗："禹穴藏书地，匡山种杏田。"王琦注："贺知章《纂山记》曰：黄帝号宛委穴为赤帝阳明之府，于此藏书。大禹始于此穴得书，复于此穴藏之，人因谓之禹穴。"

⑧ 悭(qiān)：不多，稀少。

⑨ 同剪灯语：语出李商隐《巴山夜雨》诗："何当共剪西窗烛，却话巴山夜雨时。"

⑩ 残碑：指禹陵上的窆石。《会稽志》卷一一："窆石在禹祠，旧经云：禹葬于会稽山，取此石为窆，后人覆以亭屋，有古隶不可读。宣和中杨时有题名。"

⑪ "零圭"二句：《会稽续志》卷三："(禹庙)有古珪璧、佩环藏于

庙。初,绍兴二十七年,祠之前一日忽光焰闪烁,人即其处斸之得焉。"

⑫ 霜红罢舞:语出石延年《木芙蓉》诗:"群芳坐衰歇,聊自舞秋风。"霜红,木芙蓉,落叶灌木或小乔木。宋守汪纲在鉴湖十里长堤遍植此花。

⑬ 春:这是设想明年春天的情景。

⑭ 赛鼓:赛神时的打鼓声。赛神,谓设祭酬神。

辑评

陈廷焯《大雅集》卷三:凭吊苍茫,感慨无限。结点禹陵。

陈廷焯《云韶集》卷八:凭吊中纯是一片感慨,我知先生胸中应有多少忧时眼泪。

郑文焯手批《梦窗词》:万古精灵,空荡幽默,怀古之作,至此乃神。

齐天乐①

寿荣王夫人②

玉皇重赐瑶池宴③,琼筵第二十四④。万象澄秋⑤,群裾曳玉⑥,清澈冰壶人世⑦。鳌峰对起⑧。许分得钧天,凤丝龙吹⑨。翠羽飞来⑩,舞鸾曾赋曼桃字⑪。　鹤胎曾梦电绕⑫,桂根看骤长⑬,玉干金蕊⑭。少海波新⑮,芳茅露滴⑯,凉入堂阶彩戏⑰。香霖乍洗⑱。拥莲媛三千⑲,羽裳风佩⑳。圣姥朝元,炼颜银汉水㉑。

注释

① 这是一首祝寿之作,写得仙气淋漓。
② 荣王夫人:此指荣王赵希瓐夫人全氏,嗣荣王赵与芮理宗生母。
③ 玉皇:道教称天帝曰玉皇大帝。指皇帝。此指宋理宗。瑶池:古代传说中昆仑山上的池名,西王母所居。
④ 琼筵:宴席的美称。
⑤ 万象:宇宙间一切事物或景象。按:临安荣王府邸有万象皆春堂。
⑥ 裾(jū):衣服的前后襟,亦泛指衣服的前后部分,这里指簪裾,古代显贵者的服饰,借指显贵。曳玉:犹佩玉,佩带玉饰。《礼记·玉藻》:"古之君子必佩玉。"
⑦ 冰壶:指方壶,传说中神山名,一名方丈。
⑧ 鳌峰:神话传说谓渤海之东有大壑,其下无底,中有五座仙山,常随潮波上下漂流。天帝恐五山流于西极,失群仙之居,乃使十五巨鳌轮番举首戴之,五山才峙立不动。
⑨ "许分得"二句:《史记·赵世家》:"赵简子疾,五日不知人……

居二日半,简子寤。语大夫曰:'我之帝所甚乐,与百神游于钧天,广乐九奏万舞,不类三代之乐,其声动人心。'"后因以"钧天广乐"指天上的音乐,仙乐。许分得,全氏虽为理宗生母,但理宗入嗣宫中,所以全氏并非皇太后,必须经过皇帝的许可才能动用皇家礼乐。钧天,天的中央。古代神话传说中天帝住的地方。引申为帝王。凤丝,琴弦的美称。龙吹,指箫笛类管乐器。

⑩ 翠羽:指青鸟。神话传说中为西王母取食传信的神鸟。《艺文类聚》卷九一引旧题汉班固《汉武故事》:"七月七日,上(汉武帝)于承华殿斋,正中,忽有一青鸟从西方来,集殿前。上问东方朔,朔曰:'此西王母欲来也。'有顷,王母至,有两青鸟如乌,侠侍王母旁。"后遂以"青鸟"为信使的代称。

⑪ 舞鸾:比喻美妙的歌舞。《山海经·大荒南经》:"西有王母之山、壑山、海山。……爰有歌舞之鸟,鸾鸟自歌,凤鸟自舞。"曼桃:古神话,西王母种桃,三千年一结子,东方朔曾三次偷食,乃被谪降人间。曼,东方朔,字曼倩。

⑫ 鹤胎:明李时珍《本草纲目·禽一·鹤》〔释名〕引八公《相鹤经》:"鹤乃羽族之宗,仙人之骥,千六百年乃胎产,则胎仙之称以此。世谓鹤不卵生者误矣。"宋何薳《春渚纪闻·杨文公鹤诞》:"杨文公之生也,其胞荫始脱,则见两鹤翅交掩块物而蠕动,其母急令密弃诸溪流,始出户而祖母迎见,亟启视之,则两翅欻开,中有玉婴转侧而啼,举家惊异,非常器也。"后因用"鹤胎"谓贵人的胞胎。电绕:《史记·五帝本纪》"黄帝者"

51

唐张守节正义:"母曰附宝,之祁野,见大电绕北斗枢星,感而怀孕,二十四月而生黄帝于寿丘。"后因以"电绕枢光"为诞育圣人之典。

⑬ 桂根:喻龙种。骤:急;速。

⑭ 玉干金蕊:美称桂枝、桂花。旧以"金枝玉叶"比喻皇族子孙。

⑮ 少海波新:喻指太子初立。少海,指渤海。也称幼海。比喻太子。宋叶廷珪《海录碎事·帝王》:"天子比大海,太子比少海。"

⑯ 茅:草名。借指茅土之封。指王、侯的封爵。古天子分封王、侯时,用代表方位的五色土筑坛,按封地所在方向取一色土,包以白茅而授之,作为受封者得以有国建社的表征。

⑰ 彩戏:语出《艺文类聚》卷二十引《列女传》:"老莱子孝养二亲,行年七十,婴儿自娱,着五色采衣。尝取浆上堂,跌仆,因卧地为小儿啼,或弄乌鸟于亲侧。"

⑱ 霂:甘雨,时雨。比喻恩泽。

⑲ 拥莲媛三千:明徐应秋《玉芝堂谈荟》卷三:"上(炀帝)御龙舟,萧后凤舸锦帆彩缆,穷极侈靡。……每舟择妙丽女子千人,执雕板镂金楫,号'殿脚女'。"媛(yuàn):美女。

⑳ 羽裳:羽衣。指轻盈的衣衫。风佩:指在风中摇动的玉佩。

㉑ "圣姥"二句:语出唐吕岩《别诗》之一:"朝朝炼液归琼垒,夜夜朝元养玉英。"圣姥,此指仝氏。朝元,道家养生法。谓五脏之气汇聚于天元(脐)。炼颜,语出宋曾慥《类说》卷三十七:"口为玉池太和宫,漱咽灵液灾不干,体生光华气香兰,却减百邪玉炼颜。"

齐天乐①

白酒自酌有感②

芙蓉心上三更露③,茸香漱泉玉井④。自洗银舟⑤,徐开素酌⑥,月落空杯无影⑦。庭阴未暝⑧。度一曲新蝉⑨,韵秋堪听⑩。瘦骨侵冰,怕惊纹簟夜深冷⑪。　　当时湖上载酒⑫,翠云开处共⑬,雪面波镜⑭。万感琼浆⑮,千茎鬓雪,烟锁蓝桥花径⑯。留连暮景⑰。但偷觅孤欢,强宽秋兴⑱。醉倚修篁⑲,晚风吹半醒。

注释

① 该词写秋夜独酌之际追念旧欢,孤寂清冷的情怀。

② 白酒:古代酒分清酒、白酒两种。泛称美酒。

③ 芙蓉:荷花的别名。

④ 茸香漱泉玉井:意谓以玉井之水泡茶。茸香,紫茸香,茶名。漱,吮吸,饮。玉井,井的美称。

⑤ 银舟:指酒杯。舟,今茶碗底托亦称茶船。借称酒器。

⑥ 素酌:犹清酌,古代祭祀所用的清酒。此指白酒。

⑦ 月落空杯无影:喻酒之清。

⑧ 暝(míng):昏暗。

⑨ 度:按曲谱歌唱。新蝉:初夏的鸣蝉。

⑩ 韵秋:秋韵。犹秋声。

⑪ 纹簟:有花纹的竹席。

⑫ 载酒:携酒而游。

⑬ 翠云:碧云。形容妇女头发乌黑浓密。

⑭ 雪面:指女子白皙的面容。波镜:如镜的水波。

⑮ 琼浆:仙人的饮料。喻美酒。

⑯ "万感"三句:传说裴航从鄂渚回京途中与樊夫人同舟,裴航赠诗致情意,樊夫人答诗云:"一饮琼浆百感生,玄霜捣尽见云英。蓝桥便是神仙窟,何必崎岖上玉清。"后过蓝桥驿,口渴求饮,一个老婆婆唤云英取水来,只见帘子下伸出一双洁白的手,捧着瓷瓯,裴航喝完水,掀起帘子,看见一位非常漂亮的姑娘,就是云英。后来裴航以玉杵臼为聘礼,娶云英为妻。后夫妇俱入玉峰成仙。千茎鬓雪,语出杜甫《郑驸马池台喜过郑广文同饮》诗:"白发千茎雪,丹心一寸灰。"蓝桥,桥名。在陕西省蓝田县东南蓝溪之上。相传其地有仙窟,为唐裴航遇仙女云英处。常用作男女约会之处。

⑰ 暮景:傍晚的景象,比喻垂老之年。

⑱ 秋兴:指秋日的情怀和兴会。晋潘岳《秋兴赋》序:"仆野人也,偃息不过茅屋茂林之下,谈话不过农夫田父之客,摄官承乏,猥厕朝列,匪遑底宁,譬犹池鱼笼鸟有江湖山薮之思。于是染翰操纸,慨然而赋。于时秋也,以秋兴命篇。"

⑲ 修篁(huáng):修竹,长竹。篁,竹田;竹园。泛指竹子。

齐天乐[①]

会江湖诸友泛湖[②]

曲尘犹沁伤心水[③],歌蝉暗惊春换。露藻清啼[④],烟萝澹碧[⑤],先结湖山秋怨[⑥]。波帘翠卷[⑦]。叹霞薄轻绡[⑧],汜人重见[⑨]。傍柳追凉,暂疏怀袖负纨扇[⑩]。　　南花清颗素靥[⑪],画船应不载,坡静诗卷[⑫]。泛酒芳筹[⑬],题名蠹壁[⑭],重集湘鸿江燕[⑮]。平芜未翦[⑯]。怕一夕西风,镜心红变[⑰]。望极愁生[⑱],暮天菱唱远[⑲]。

注释

① 该词描绘与诸友携妓泛湖的风雅情调。
② 泛湖:此特指游览西湖。
③ 曲(qū)尘:酒曲所生的霉菌。色淡黄,如尘。亦用以指淡黄色。又借指柳树,柳条。嫩柳叶色鹅黄。曲,酒曲。沁:气体、液体等渗入或透出。
④ 露藻清啼:藻上的露珠似眼泪,故云。
⑤ 烟萝:草树茂密,烟聚萝缠,谓之"烟萝"。澹:淡薄;不浓厚。
⑥ 秋怨:秋日的悲怨情绪。
⑦ 波帘翠卷:形容风吹湖面,翠绿的水波帘幕般地掀起。

⑧ 霞绡(xiāo),像薄绡一样的红霞。绡,薄的生丝织品;轻纱。

⑨ 汜(sì)人:唐沈亚之《湘中怨解》载,垂拱中,驾在上阳宫。太学进士郑生晨发铜驼里,乘晓月渡洛桥,遇艳女,自言养于兄,因嫂恶,欲投水。生载归,与之同居,号曰汜人。汜人能诵善吟,其词艳丽不凡。数年后,汜人自述本系蛟宫之娣,贬谪而从生,今已期满。遂啼泣离去。后诗词中用作钟情艳女之典。此指妓女。汜,水边。

⑩ "傍柳"二句:暗指狎妓之事。傍柳追凉,靠着柳树乘凉。追凉,乘凉。疏怀袖,放松衣衫。负纨扇,舍弃扇子。意谓辜负妻子。纨扇,细绢制成的团扇。南朝梁江淹《杂体诗·效班婕妤〈咏扇〉》:"纨扇如团月,出自机中素。"此指家中怨妇。

⑪ 南花:南方之花。此喻指南方妓女。靥(yè):面颊上的微窝,俗称酒窝。泛指面颊。

⑫ 坡静:苏轼和林逋。二人皆有缘西湖。坡,苏轼,号东坡居士。静,林逋(967~1028),北宋诗人。字君复,谥和靖,也作"和静"。

⑬ 泛酒:又称"流觞曲水"。古代习俗,每逢夏历三月上旬的巳日(三国魏以后定为夏历三月初三日),人们于水边相聚宴饮,认为可被除不祥。后人仿行,于环曲的水流旁宴集,在水的上流放置酒杯,任其顺流而下,杯停在谁的面前,谁就取饮。又,古人用于重阳或端午宴饮的酒,多以菖蒲或菊花等浸泡,因称"泛酒"。芳筒(tǒng):指碧筒杯、荷叶杯。荷叶中心凹处下连茎,可刺穿茎作酒器饮用。筒,竹筒。

⑭ 题名:古人为纪念科场登录、旅游行程等,在石碑或壁柱上题记姓名。蠹(dù):蛀虫。引申为蛀蚀。

⑮ 湘鸿江燕:指各处朋友。苏轼《送陈睦知潭州》诗:"有如社燕与秋鸿,相逢未稳还相送。"

⑯ 平芜(wú)未翦:语出顾敻《河传》:"露华鲜,杏枝繁。莺转,野芜平似翦。"平芜,草木丛生的平旷原野。芜,丛生的杂草。

⑰ 镜心:湖心。镜,喻平静的湖面。红变:变红。指秋季枫叶等植物变色。

⑱ 望极:犹极望。放眼远望。

⑲ 菱唱:采菱人所唱之歌。

齐天乐①

烟波桃叶西陵路②,十年断魂潮尾③。古柳重攀④,轻鸥聚别,陈迹危亭独倚。凉飔乍起⑤。渺烟碛飞帆⑥,暮山横翠。但有江花,共临秋镜照憔悴⑦。　华堂烛暗送客,眼波回盼处,芳艳流水。素骨凝冰,柔葱蘸雪⑧,犹忆分瓜深意⑨。清尊未洗。梦不湿行云⑩,漫沾残泪。可惜秋宵,乱蛩疏雨里。

注释

① 该词追忆过往情事。

② 桃叶:晋王献之爱妾名。借指爱妾或所爱恋的女子。又指桃叶渡。渡口名。在今江苏省南京市秦淮河畔。相传因晋王献之在此送其爱妾桃叶而得名。西陵:陵墓名。南朝齐钱塘名妓苏小小的墓。

③ 断魂潮尾:意谓看人乘船离去而伤感。

④ 古柳重攀:语出《建康实录》卷九:"(桓温)累迁至琅邪内史。咸康七年,出镇江乘之金城。……又北伐经金城,见少为琅邪时所种柳皆已十围,慨然叹曰:'树犹如此,人何以堪?'因攀枝涕泣,遂渡淮泗。"攀柳,古有折柳赠别之习。

⑤ 飔(sī):疾风。

⑥ 碛(qì):浅水中的沙石;沙石浅滩。

⑦ "但有"二句:杜甫《哀江头》:"人生有情泪沾臆,江水江花岂终极。"秋镜:指水面。白居易《百炼镜》:"江心波上舟中铸,五月五日日午时。琼粉金膏磨莹已,化为一片秋潭水。"

⑧ 葱:旧时比喻妇女纤细的手指。

⑨ 分瓜:古人分瓜而食以醒酒。沈经《十五夜郡斋小集》:"微风坐醒酒,明月共分瓜。"又,犹破瓜。旧称女子十六岁为"破瓜"。"瓜"字拆开为两个八字,即二八之年,故称。

⑩ 梦不湿行云:此反用"巫山云雨"故事,暗示欢爱未遂。战国宋玉《高唐赋》序:"昔者先王尝游高唐,怠而昼寝。梦见一妇人,曰:'妾巫山之女也,为高唐之客。闻君游高唐,愿荐枕

席。'王因幸之。去而辞曰：'妾在巫山之阳，高丘之阻，旦为朝云，暮为行雨，朝朝暮暮，阳台之下。'旦朝视之，如言，故为之立庙，号曰朝云。"

辑评

谭献《谭评词辨》：起平而结响，颇遒。"凉飔乍起"是领句，亦是提肘书法。"但有"二句沉着。换头是追叙。

陈廷焯《大雅集》卷二：遣词大雅，一片绮罗香泽之态。

澡兰香①

淮安重午②

盘丝系腕③，巧篆垂簪④，玉隐绀纱睡觉⑤。银瓶露井⑥，彩箑云窗⑦，往事少年依约。为当时、曾写榴裙⑧，伤心红绡褪萼⑨。黍梦光阴渐老⑩，汀洲烟蒻⑪。　莫唱江南古调⑫，怨抑难招⑬，楚江沈魄⑭。熏风燕乳⑮，暗雨梅黄，午镜澡兰帘幕⑯。念秦楼⑰、也拟人归⑱，应翦菖蒲自酌⑲。但怅望、一缕新蟾⑳，随人天角㉑。

59

注释

① 该词追念旧情。

② 淮安:军、州、路、府名。南宋绍定元年(1228)改楚州置淮安军,治所在淮安(今县)。重午:指重五。农历五月初五日,即端午节。

③ 盘丝系腕:古代妇女端午以五色丝系于腕上。

④ 巧篆垂簪:指钗头符。古代妇女端午在头发上插戴用以辟邪的头饰。宋陈元靓《岁时广记·钗头符》云:"《岁时杂记》:端午剪缯彩作小符儿,争逞精巧,掺于鬟髻之上,都城亦多扑卖。"

⑤ 玉隐绀(gàn)纱睡觉:语出梁简文帝《咏内人昼眠》诗:"梦笑开娇靥,眠鬟压落花。簟文生玉腕,香汗浸红纱。"玉,借指女子洁白的肌肤。绀,天青色;深青透红之色。

⑥ 银瓶露井:语出唐白居易《井底引银瓶》诗:"井底引银瓶,银瓶欲上丝绳绝。石上磨玉簪,玉簪欲成中央折。瓶沉簪折知奈何?似妾今朝与君别。……为君一日恩,误妾百年身。寄言痴小人家女,慎勿将身轻许人。"此典常比喻情爱落空。

⑦ 箑(shà):扇子。云窗:华美的窗户。常指女子居处。

⑧ 写榴裙:《宋书·羊欣传》载,羊欣父为乌程令,欣年十二,时王献之为吴兴太守,甚知爱之。欣尝着新绢裙昼寝。献之入县,见之,"书裙数幅而去"。后因用"书裙"言友好过访。榴裙,红如榴花的裙子。

⑨ 红绡(xiāo):人名。唐代传奇中人物。唐大历中,有崔生者,

其父为显僚,与盖世之勋臣一品者熟。其父使往视一品疾,一品命歌舞妓红绡以匙为崔生进食,又命送崔生出院,二人遂相爱慕。崔生既归,神迷意夺。家有昆仑奴磨勒于月圆夜负崔生入一品宅,与红绡相会,复负崔生与红绡潜出,促成二人结合。后以红绡为侠义女子的典型。

⑩ 黍(shǔ)梦:唐沈既济《枕中记》载:卢生在邯郸客店遇道士吕翁,生自叹穷困,翁探囊中枕授之曰:枕此当令子荣适如意。时主人正蒸黄粱,生梦入枕中,享尽富贵荣华。及醒,黄粱尚未熟,怪曰:"岂其梦寐耶?"翁笑曰:"人世之事亦犹是矣。"另外,黍有兼指"角黍",即粽子。古用黏黍,故称。

⑪ 蒻(ruò):指嫩的香蒲。生长在水边或池沼内。

⑫ 江南古调:指竞渡时划桨所唱的古老歌谣。刘禹锡《竞渡曲》:"灵均何年歌已矣,哀谣振楫从此起。……曲终人散空愁莫,招屈亭前水东注。"引《图经》序曰:"竞渡始于武陵,至今举楫而相和之,其音咸呼云'何在',斯招屈之义。"

⑬ 怨抑:怨恨抑郁。

⑭ 楚江沈魄:指屈原的亡魂。

⑮ 乳:幼小。

⑯ 午镜:指五月初五日午时江心铸成的镜子。白居易《百炼镜》:"江心波上舟中铸,五月五日日午时。琼粉金膏磨莹已,化为一片秋潭水。"澡兰:浴于兰汤,即用香草水洗澡。古人认为兰草避不祥,故以兰汤洁斋祭祀。

⑰ 秦楼:秦穆公为其女弄玉所建之楼,亦名凤楼,相传秦穆公

女弄玉,好乐。萧史善吹箫作凤鸣。秦穆公以弄玉妻之,为之作凤楼。二人吹箫,凤凰来集,后乘凤,飞升而去。又指妓院。

⑱ 拟:揣度,推测。
⑲ 菖蒲自酌:用菖蒲叶浸制的药酒。旧俗端午节饮之,谓可去疾疫。菖蒲,植物名。多年生水生草本,有香气。叶狭长,似剑形。民间在端午节常用来和艾叶扎束,挂在门前。
⑳ 新蟾:新月。神话传说月中有三足蟾蜍,因以蟾代称月。
㉑ 天角:谓天之一隅,犹天涯,指遥远的地方。宋周邦彦《解连环》词:"料舟移岸曲,人在天角。"

高阳台①

过种山②,即越文种墓③

帆落回潮④,人归故国⑤,山椒感慨重游⑥。弓折霜寒⑦,机心已堕沙鸥⑧。镫前宝剑清风断,正五湖、雨笠扁舟⑨。最无情,岩上闲花,腥染春愁。   当时白石苍松路,解勒回玉辇⑩,雾掩山羞⑪。木客歌阑⑫,青春一梦荒丘⑬。年年古苑西风到⑭,雁怨啼、绿水荭秋⑮。莫登临,几树残烟,西北高楼⑯。

注释

① 过文种墓,发世事沧桑之感。

② 种山:卧龙山。

③ 文种墓:《会稽志》卷六:"大夫文种墓在种山。越既霸,范蠡去之,种未能去。或谗于王,乃赐种剑以死,葬于是山,故名。"文种,春秋时越国大夫。字子禽。楚人,楚平王时曾任宛(河南南阳)令,在三户(河南淅川西)结识范蠡,相与入越。勾践败后,文种乃进美女、宝器献吴太宰嚭,因嚭而促成与吴和议。后又与范蠡辅勾践,卒灭吴。

④ 回潮:指回落的潮水。

⑤ 故国:已经灭亡的国家。

⑥ 山椒:山顶。

⑦ 弓折:语出《史记·越王勾践世家》:"范蠡遂去,自齐遗大夫种书曰:'蜚鸟尽,良弓藏,狡兔死,走狗烹。越王为人长颈鸟喙,可与共患难,不可与共乐,子何不去?'种见书称病不朝,人或谗种且作乱,越王乃赐种剑,曰:'子教寡人伐吴七术,寡人用其三而败吴,其四在子,子为我从先王试之。'种遂自杀。"

⑧ 机心已堕沙鸥:语出《列子·黄帝》:"海上之人有好沤鸟者,每旦之海上,从沤鸟游,沤鸟之至者百住而不止。其父曰:'吾闻沤鸟皆从汝游,汝取来,吾玩之。'明日之海上,沤鸟舞而不下也。"

⑨ 五湖:古代吴越地区湖泊。春秋末越国大夫范蠡,辅佐越王

63

勾践,灭亡吴国,功成身退,乘轻舟以隐于五湖。后因以"五湖"指隐遁之所。

⑩ "当时"二句:当年越王勾践在灭吴后跳下战马,从此处的白石苍松路上乘玉辇回去。解勒,解除马络头。此指解除武装。勒,带嚼子的马络头。玉辇(niǎn),天子所乘之车,以玉为饰。

⑪ 雾掩山羞:意谓因为越王勾践赐死文种,连埋葬文种的山岳也感到羞耻。孔稚圭《北山移文》:"故其林惭无尽,涧愧不歇。……宜扃岫幌,掩云关,敛轻雾,藏鸣湍。"

⑫ 木客歌:语出《吴越春秋》卷五:"种曰:'吴王好起宫室,用工不辍。王选名山神材奉而献之。'越王乃使木工千余人入山伐木,一年,师无所幸。作士思归,皆有怨望之心,而歌木客之吟。一夜天生神木一双……乃使大夫种献之于吴王……吴王大悦。……遂受而起姑苏之台,三年聚材,五年乃成,高见二百里。行路之人,道死巷哭,不绝嗟嘻之声,民疲士苦,人不聊生。"木客,伐木工。阑:将尽;将完。

⑬ 丘:坟墓。

⑭ 西风:西面吹来的风。多指秋风。

⑮ 茳(hóng):草名。茳草。一年生草本植物。茎高达三米,全株有毛,叶子阔卵形,夏秋开花,白色或淡红色。供观赏,果实可入药。也叫水茳。

⑯ "莫登临"三句:意谓不要登高临远,当年西北的高楼只剩下几棵云雾间的树木。辛弃疾《摸鱼儿》:"闲愁最苦。休去倚

危栏,斜阳正在,烟柳断肠处。"西北高楼,《古诗十九首》:"西北有高楼,上与浮云齐。"

高阳台①

落 梅

宫粉雕痕②,仙云堕影③,无人野水荒湾④。古石埋香⑤,金沙锁骨连环⑥。南楼不恨吹横笛⑦,恨晓风、千里关山⑧。半飘零,庭上黄昏⑨,月冷阑干⑩。　　寿阳空理愁鸾⑪。问谁调玉髓,暗补香瘢⑫。细雨归鸿⑬,孤山无限春寒⑭。离魂难倩招清些⑮,梦缟衣⑯、解佩溪边⑰。最愁人,啼鸟晴明,叶底青圆⑱。

注释

① 该篇为咏梅之作。
② 宫粉:供妆饰用的粉末,此指花粉。雕痕:饰以彩绘、花纹。
③ 仙云:喻飘落的梅花。苏轼《十一月二十六日松风亭下梅花盛开》诗:"海南仙云娇堕砌,月下缟衣来扣门。"

④ 野水荒湾:语出谢枋得《武夷山中》:"十年无梦得还家,独立青峰野水涯。天地寂寥山雨歇,几生修得到梅花?"

⑤ 埋香:谓埋葬美女。香,代指美女尸骨。

⑥ 金沙锁骨:得道之人联结如锁状的骨节。《海录碎事》卷三二上:"释氏书,昔有贤女马郎妇,于金沙滩上施一切人淫,凡与交者永绝其淫。死葬,后一梵僧来,云:'求我侣。'掘开乃锁子骨,梵僧以杖挑起,升云而去。"锁骨,又称"锁子骨"。相传唐大历时,延州一妇人生前滥交男子,死后有西域胡僧敬礼焚香、围绕赞叹于其墓,谓彼即锁骨菩萨。"众人即开墓,视遍身之骨,钩结皆如锁状,果如僧言。州人异之,为设大斋,起塔焉。"见唐李复言《续玄怪录·延州妇人》。

⑦ 南楼不恨吹横笛:化用李白黄鹤楼听笛的诗意。李白《与史郎中钦听黄鹤楼上吹笛》诗:"黄鹤楼中吹玉笛,江城五月《落梅花》。"《梅花落》,古笛曲名。南楼,古楼名。在湖北省武汉市武昌黄鹤山顶的古楼。一名白云楼,又名岑楼、安远楼。

⑧ "恨晓风"二句:语出高适《塞上闻笛》:"借问梅花何处落,风吹一夜满关山。"关山,关隘山岭。

⑨ 黄昏:语出林逋《山园小梅》诗:"疏影横斜水清浅,暗香浮动月黄昏。"

⑩ 月冷阑干:语出王安石《夜直》诗:"春色恼人眠不得,月移花影上阑干。"

⑪ 寿阳:寿阳公主。南朝宋武帝女寿阳公主曾卧于含章殿檐下,梅花落公主额上成五出之花,拂之不去,皇后留之,自后

有梅花妆。妇女多效之,在额心描梅为饰。理愁鸾:指对镜化妆。鸾:鸾镜,即妆镜。《太平御览》卷九一六引南朝宋范泰《鸾鸟诗》序:"昔罽宾王结罝峻祁之山,获一鸾鸟,王甚爱之,欲其鸣而不致也。乃饰以金樊,飨以珍羞。对之逾戚,三年不鸣。夫人曰:'闻鸟见其类而后鸣,何不县镜以映之!'王从言。鸾睹影感契,慨焉悲鸣,哀响中霄,一奋而绝。"

⑫ "问谁"二句:语出唐段成式《酉阳杂俎·黥》:"近代妆尚靥,如射月,曰黄星靥,靥钿之名,盖自吴孙和邓夫人也。和宠夫人,尝醉舞如意,误伤邓,颊血流,娇婉弥苦。命太医合药,医言得白獭髓,杂玉与琥珀屑,当灭痕。和以百金购得白獭,乃合膏,琥珀太多,及愈,痕不灭,左颊有赤点如痣,视之,更益甚妍也。诸婢欲要宠者,皆以丹青点颊而进幸焉。"

⑬ 归鸿:归雁。诗文中多用以寄托归思。此处比喻梅魂思归孤山。

⑭ 孤山:山名。在浙江杭州西湖中,孤峰独耸,秀丽清幽。宋林逋曾隐居于此,喜种梅养鹤,世称孤山处士。孤山北麓有放鹤亭和默林。

⑮ 离魂难倩(qìng)招清些:意谓离魂难请清雅的辞赋以招回。语出黄庭坚《虞美人》:"惭愧诗翁,清些与招魂。"离魂,据《太平广记》卷三五八引唐陈玄祐《离魂记》载:唐张镒居衡州,其幼女名倩娘,"端妍绝伦"。其甥王宙"幼聪悟,美容范",镒甚器重,常说:"他时当以倩娘妻之。"后镒忽以女别字,"女闻而郁抑。"宙亦恚恨,托言赴京,买舟遽行。至山郭数里,夜半倩

娘忽至,遂絜与俱遁。五年后,宙携妻、子归衡州。宙诣镒谢罪。镒大惊,以其女倩娘卧病在床,数年未离闺阁。使人验之,果见倩娘在舟中。"颜色怡畅。"迎女归,与卧床之倩娘"翕然相合为一体"。倩,请。清些,清雅的辞赋。些,语气词。又引申指代辞赋。

⑯ 梦缟(gǎo)衣:语出《龙城录》:"赵师雄……见一女子,淡妆素服。……与之语,但觉芳香袭人,语言极清丽,因与之扣酒家门,得数杯,相与饮。……顷醉寝,师雄亦懵然。……起视,乃在大梅花树下。"缟衣,白绢衣裳。用以比喻洁白的梅花。缟,细白的生绢。

⑰ 解佩:解下佩带的饰物。汉刘向《列仙传·江妃二女》:"江妃二女者,不知何所人也,出游于江汉之湄,逢郑交甫,见而悦之,不知其神人也,谓其仆曰:'我欲下请其佩。'……遂手解佩与交甫。"

⑱ "最愁人"三句:语出杜牧《叹花》诗:"如今风摆花狼藉,绿叶成阴子满枝。"啼鸟,代表春天。晴明,晴朗;明朗。叶底青圆,语出宋曹勋《送杨子宽还临安寄钱处和》诗:"垄上麦芒犹绿嫩,枝间梅子渐青圆。"青圆,色青而形圆。此指梅子。

辑评

查礼《铜鼓书堂词话》:宋人落梅词,名句甚伙;如《高阳台》一解赋落梅者,吴梦窗云:"宫粉雕痕,仙云堕影,无人野水荒湾。"又云:"南楼不恨吹横笛,恨晓风千里关山。半飘零,庭院黄昏,月冷阑干。"李箕房云:"竹里遮寒,谁念减尽芳云。么凤叫晚秋晴雪,料水空,烟冷西泠。"李秋崖云:"门掩香残,屏摇梦冷,珠钿糁缀芳尘。"又云:"藓稍空挂凄凉月,想鹤归、犹怨黄昏。黯销凝,人老天涯,雁影沉沉。"三人写落梅之情景魂魄各有不同。其雅正澹远、柔婉深长之处,令人可思可咏。

高阳台①

丰乐楼(分韵得如字)

修竹凝妆②,垂杨驻马③,凭阑浅画成图④。山色谁题,楼前有雁斜书⑤。东风紧送残阳下⑥,弄旧寒、晚酒醒余。自消凝⑦,能几花前,顿老相如⑧。伤春不在高楼上,在灯前欹枕⑨,雨外熏炉⑩。怕舣游船⑪,临流可奈清臞⑫。飞红若到西湖底,搅翠澜、总是愁鱼。莫重来,吹尽香绵,泪满平芜⑬。

注释

① 日暮之际醉酒伤春。
② 修竹:长长的竹子。凝:成。
③ 垂杨驻马:语出王维《少年行四首》之一:"相逢意气为君饮,

高阳台（修竹凝妆）

系马高楼垂柳边。"

④ 浅画成图:白居易《春题湖上》诗:"湖上春来似画图,乱峰围绕水平铺。"

⑤ 雁斜书:白居易《江楼晚眺景物鲜奇吟玩成篇寄水部张员外》诗:"风翻白浪花千片,雁点青天字一行。"雁书,又称"雁字"。成列而飞的雁群。群雁飞行时常排成"一"或"人"字,故称。

⑥ 紧:快速。

⑦ 消凝:销魂,凝神。谓因伤感而出神。

⑧ 顿老相如:李商隐《寄令狐郎中》诗:"休问梁园旧宾客,茂陵秋雨病相如。"相如,司马相如。

⑨ 敧(qī):倾斜。

⑩ 熏炉:用以熏香或取暖的炉子。熏:此作动词。

⑪ 檥(yǐ):立木。引申为使船靠岸。

⑫ 清臞(qú):清瘦。臞,消瘦。

⑬ "吹尽"二句:苏轼《水龙吟·次韵章质夫杨花词》:"细看来不是杨花,点点是、离人泪。"香绵,指柳絮。平芜(wú),草木丛生的平旷原野。芜,丛生的杂草。

辑评

陈廷焯《大雅集》卷三:奇思幽想。

八声甘州①

姑苏台和施芸隐韵②

步晴霞倒影，洗闲愁③、深杯滟风漪④。望越来清浅⑤，吴歈杳霭⑥，江雁初飞⑦。辇路凌空九陌⑧，粉冷濯妆池⑨。歌舞烟霄顶⑩，乐景沈晖⑪。　　别是青红阑槛⑫，对女墙山色⑬，碧澹宫眉⑭。问当时游鹿，应笑古台非⑮。有谁招、扁舟渔隐⑯，但寄情、西子却题诗⑰。闲风月⑱，暗消磨尽，浪打鸥矶⑲。

注释

① 该词描写黄昏时分与友人登台饮酒、凭高吊古的情景。
② 姑苏台：台名。在姑苏山上，相传为吴王夫差所筑。施芸隐：即施枢，字知言，号芸隐。
③ 闲愁：无端无谓的忧愁。
④ 深杯滟(yàn)风漪(yī)：满怀中晶莹的酒被风吹起波纹。苏轼《送杨杰》诗："太华峰头作重九，天风吹滟黄花酒。"深杯，满杯。滟，水光耀貌。漪，风吹水面形成的波纹。
⑤ 越来：溪名。《吴郡志》卷十八："越来溪在横山下，与石湖连，相传越兵入吴时自此来，故名。溪上有越城，雉堞宛然。"清

浅：谓清澈不深。

⑥ 吴歈(yú)：春秋吴国的歌。后泛指吴地的歌。歈，歌。杳(yǎo)霭：幽深渺茫貌。

⑦ 江雁初飞：语出杜牧《九日齐山登高》诗："江涵秋影雁初飞，与客携壶上翠微。"

⑧ 辇(niǎn)路凌空九险：语出汉袁康《越绝书·外记传吴地传》："胥门外有九曲路，阖闾造以游姑胥之台，以望太湖。"辇路，天子车驾所经的道路。九，泛指多数。

⑨ 粉：脂粉。濯(zhuó)妆池：指香水溪。宋范成大《吴郡志·古迹一》："香水溪，在吴故宫中。俗云西施浴处，人呼为脂粉塘。吴王宫人濯妆于此溪，上源至今馨香。古诗云：'安得香水泉，濯郎衣上尘。'"濯，洗涤。

⑩ 歌舞烟霄顶：语出李白《乌栖曲》："姑苏台上乌栖时，吴王宫里醉西施。吴歌楚舞欢未毕，青山欲衔半边日。"烟霄，云霄。指山的高处。

⑪ 乐景：欢乐的景象。沈晖：指日或月降落时的余辉。

⑫ 青红阑槛：语出曾巩《甘露寺多景楼》："欲收佳景此楼中，徒倚阑干四望通。云乱水光浮紫翠，天含山气入青红。"青红：青色和红色。此指彩霞。阑槛：栏杆。

⑬ 女墙：城墙上呈凹凸形的小墙。《吴郡志》卷十八："(越来)溪上有越城，雉堞宛然。"

⑭ 宫眉：谓妇女依宫中流行样式描画的眉毛。此以黛眉喻山色。《西京杂记》卷二："文君姣好，眉色如望远山，脸际常若

芙蓉。"

⑮ "问当时"二句:语出《史记·淮南衡山列传》:"子胥谏吴王,吴王不用,乃曰:'臣今见麋鹿游姑苏之台也。'"非,谓改变,不同原样。

⑯ 扁(piān)舟渔隐:春秋末越国大夫范蠡,辅佐越王勾践,灭亡吴国,功成身退,携西施,乘轻舟以隐于五湖。扁舟,小船。渔隐,打鱼为生的隐士。

⑰ "但寄情"二句:徒然地寄情于西施,再次题诗。但,空;徒然,白白地。西子,西施。春秋越美女。或称先施,别名夷光,亦称西子。姓施,春秋末年越国苎罗(今浙江诸暨南)人。越王勾践败于会稽,范蠡取西施献吴王夫差,使其迷惑忘政。越遂亡吴。后西施归范蠡,同泛五湖。却,副词。还;再。

⑱ 闲风月:语出宋刘应时《闻范至能丐祠二首》之一:"石湖虽有闲风月,谁许深偿寂寞滨?"相传石湖是范蠡入五湖之口。风月,指闲适之事。又指男女间情爱之事。

⑲ 矶(jī):水边突出的大石头。

八声甘州①

灵岩(陪庾幕诸公游)②

渺空烟四远③,是何年、青天坠长星④。幻苍崖云树,名娃金屋⑤,残霸宫城⑥。箭径酸风射眼⑦,腻水染花腥⑧。时靸双鸳响,廊叶秋声⑨。　宫里吴王沈醉⑩,倩五湖倦客⑪,独钓醒醒⑫。问苍波无语,华发奈山青。水涵空⑬、阑干高处,送乱鸦、斜日落渔汀⑭。连呼酒,上琴台去⑮,秋与云平。

注释

① 此乃咏古之作,写西施、夫差故事,抒发历史虚无感。
② 灵岩:山名。在江苏省吴县木渎镇西北。一名砚石山。春秋末吴王夫差建离宫于此,今灵岩寺即其地。明沈德符《野获编·外郡·灵岩山》:"灵岩山有夫差馆娃宫、响屧廊、浣花池、采香径等胜,固吴中丽瞩也。"
③ 渺:邈远。空烟四远:虚浮的云雾弥漫于四方边远之地。
④ 青天坠长星:古有陨星成山的传说。山谦之《南徐州记》:"临沂县前有落星山,今云班渎,即绿江图所谓落星浦。"此处意谓灵岩山乃落星而成。长星,古星名。类似彗星,有长形光芒。
⑤ "幻苍崖"二句:唐李白《西施》诗:"提携馆娃宫,杳渺讵可攀!"云树,高耸入云的树木。名娃金屋,指馆娃宫。古代吴宫名。春秋吴王夫差为西施所造。在今江苏省苏州市西南灵岩山上,灵岩寺即其旧址。名娃,指西施。春秋越美女。或称先施,别名夷光,亦称西子。姓施,春秋末年越国苎罗(今浙江诸暨南)人。越王勾践败于会稽,范蠡取西施献吴王

75

夫差,使其迷惑忘政。越遂亡吴。后西施归范蠡,同泛五湖。一说,吴亡后,越沈西施于江。金屋,《汉武故事》:"帝以乙酉年七月七日生于猗兰殿。年四岁,立为胶东王。数岁,长公主嫖抱置膝上,问曰:'儿欲得妇不?'胶东王曰:'欲得妇。'长主指左右长御百余人,皆云不用。末指其女问曰:'阿娇(后为汉武帝陈皇后)好不?'于是乃笑对曰:'好!若得阿娇作妇,当作金屋贮之也。'"

⑥ 残霸:暴虐的诸侯首领。此指吴王夫差。姬姓,春秋时期吴国第二十五任君主,在位时期为前495年至前473年。其为春秋五霸之一。残,谓暴虐无道的人。霸,霸主。古代诸侯联盟的首领。

⑦ 箭径:又名"采香径"。在江苏省苏州市西南灵岩山前。宋范成大《吴郡志·古迹一》:"采香径,在香山之傍小溪也。吴王种香于香山,使美人泛舟于溪以采香。今自灵岩山望之,一水直如矢,故俗又名箭泾。"酸风:指刺人的寒风。

⑧ 腻水染花腥:宋范成大《吴郡志·古迹一》:"香水溪,在吴故宫中。俗云西施浴处,人呼为脂粉塘。吴王宫人濯妆于此溪,上源至今馨香。古诗云:'安得香水泉,濯郎衣上尘。'"腻水,残留女子脂粉的水。唐杜牧《阿房宫赋》:"渭流涨腻,弃脂水也。"

⑨ "时靸(sǎ)"二句:宋范成大《吴郡志·古迹》:"响屧廊,在灵岩寺。相传吴王令西施辈步屧,廊虚而响,故名。今寺中以圆照塔前小斜廊为之,白乐天亦名'鸣屧廊'。"响屧廊,春

秋时吴王宫中的廊名。遗址在今江苏省苏州市西灵岩山。靸,古代小儿穿的鞋子。前帮深而覆脚,无后帮。后亦指形制与之类似的拖鞋。引申指把鞋后帮踩在脚跟下;穿(拖鞋)。双鸳,指女子的一双绣鞋。

⑩ 宫里吴王沈醉:语出李白《乌栖曲》:"姑苏台上乌栖时,吴王宫里醉西施。"吴王,吴王夫差。

⑪ 倩:泛指姿容美好。五湖倦客:指范蠡。据《吴越春秋》卷十,范蠡辅佐越王勾践灭吴后,"乘扁舟,出三江,入五湖,人莫知其所适。"五湖,古代吴越地区湖泊。

⑫ 醒醒:清楚;清醒。

⑬ 水涵空:水包孕天空。形容水势浩荡。《明一统志》卷八:"涵空阁,在灵岩寺。吴时建。"涵,包含,包容。

⑭ 渔汀(tīng):语出陈与义《临江仙》:"古今多少事,渔唱起三更。"汀,水之平。引申为水边平地,小洲。

⑮ 琴台:台名。在江苏省苏州灵岩山上。

辑评

　　陈廷焯《大雅集》卷三:"箭径"六字承"残霸"句,"腻水"五字承"名娃"句。此词气骨甚遒。

　　梁启超《饮冰室评词附录》:麦孺博云:"奇情壮采。"

十二郎①

垂虹桥(上有垂虹亭,属吴江)②

素天际水③,浪拍碎、冻云不凝④。记晓叶题霜⑤,秋灯吟雨,曾系长桥过艇⑥。又是宾鸿重来后⑦,猛赋得、归期纔定⑧。嗟绣鸭解言⑨,香鲈堪钓⑩,尚庐人境⑪。　　幽兴。争如共载,越娥妆镜⑫。念倦客依前⑬,貂裘茸帽⑭,重向淞江照影⑮。酹酒苍茫⑯,倚歌平远⑰,亭上玉虹腰冷⑱。迎醉面,暮雪飞花,几点黛愁山暝⑲。

注释

① 该篇写词人重游垂虹桥,既咏眼前景,又溯往日情。
② 垂虹桥:在江苏吴江县东。本名利往桥,因上有垂虹亭,故名。桥有七十二洞,宋庆历八年建。俗名长桥。
③ 际:会合;交会。
④ 冻云:严冬的阴云。
⑤ 晓叶题霜:在拂晓的树林中歌咏风霜。
⑥ 长桥:即垂虹桥。
⑦ 宾鸿:鸿雁。《礼记·月令》:"(季秋之月)鸿雁来宾。"
⑧ "猛赋得"二句:意谓必待赋诗以后方才拟定返程的日期。赋

得,凡摘取古人成句为诗题,题首多冠以"赋得"二字。如南朝梁元帝有《赋得兰泽多芳草》一诗。科举时代的试帖诗,因试题多取成句,故题前均有"赋得"二字。亦应用于应制之作及诗人集会分题。后遂将"赋得"视为一种诗体。即景赋诗者也往往以"赋得"为题。

⑨ 绣鸭解言:语出《诗话总龟后集》卷二一引《谈苑》:"陆龟蒙居笠泽,有内养自长安使杭州。舟出舍下,弹其一绿头鸭,龟蒙遽从舍出,大呼曰:'此绿头有异,善人言。吾将献天子,今持此死鸭以诣官。'内养少长宫禁,信然。厚以金帛遗之,因徐问龟蒙曰:'此鸭何言?'龟蒙曰:'常自呼其名。'"

⑩ 香鲈:语出宋胡仔《渔隐丛话前集》卷二十七:"陈文惠有《题松江》诗,落句云:'西风斜日鲈鱼香。'"

⑪ 尚庐人境:语出陶渊明《饮酒诗二十首》之五:"结庐在人境,而无车马喧。"庐,名词作动词。这里指居住。

⑫ "幽兴"三句:意谓虽有雅兴,却怎么比得上带着西施归隐江湖呢?争如,怎么比得上。越娥,指西施。

⑬ 倦客:客游他乡而对旅居生活感到厌倦的人。依前:照旧;仍旧。

⑭ 貂裘茸帽:游子装束。貂裘,《战国策·秦策一》:"(苏秦)说秦王,书十上而说不行,黑貂之裘弊,黄金百斤尽。"茸帽,周邦彦《诉衷情》:"重寻旧日歧路,茸帽北游装。"茸,浓密柔细的兽毛。

⑮ 淞江:吴淞江的古称。

⑯ 酹(lèi)酒：以酒浇地，表示祭奠。古代宴会往往行此仪式。隋杜台卿《玉烛宝典·正月孟春》："元日至月晦为酺食，度水。士女悉湔裳，酹酒于水湄，以为度厄。"

⑰ 倚歌：谓倚靠物体而歌。

⑱ 亭：垂虹亭。玉虹：喻石拱桥。又喻宝剑。

⑲ 黛：远山黛。指秀美之眉。用黛色画眉，色如远山，故谓。旧题汉伶玄《赵飞燕外传》："合德新沐，膏九回沉水香为卷发，号新髻；为薄眉，号远山黛；施小朱，号慵来妆。"此指山。

辑评

郑文焯《手批〈梦窗词〉》："鸭语"用天随子故事，切笠泽，可云典雅。

夜飞鹊①

蔡司户席上南花②

金规印遥汉③，庭浪无纹④。清雪冷沁花薰⑤。天街曾醉美人畔⑥，凉枝移插乌巾⑦。西风骤惊散，念梭悬愁结⑧，蒂翦离痕⑨。中郎旧恨，寄横竹⑩、吹裂哀云⑪。　　空剩露华烟彩⑫，人影断幽坊⑬，深闭千门。浑似飞仙入梦,袜罗微步⑭,流水青苹⑮。轻冰润玉⑯,怅今朝、不共清尊⑰。怕云槎来晚⑱,流红信杳⑲,萦断秋魂⑳。

注释

① 词人曾在酒宴上遇一南方妓女,作品自表痴情。
② 司户:官名。汉魏以下有户曹掾,主民户。北齐称户曹参军。唐制:府称户曹参军,州称司户参军,县称司户。宋亦设司户参军,兼司仓之职。南花:南方之花。此喻指南方妓女。
③ 金规:月形如规。指月。遥汉:遥远的天汉。指银河。
④ 庭浪:指庭院中如水的月色。语出苏轼《记承天寺夜游》:"元丰六年十月十二日夜,解衣欲睡,月色入户,欣然起行,念无与乐者,遂至承天寺寻张怀民,亦未寝,相与步于中庭,庭下如积水空明,水中藻荇交横,盖竹柏影也。"
⑤ 熏:香,发出香气。
⑥ 天街:京城中的街道。
⑦ 凉枝:清凉的花枝。乌巾:黑头巾。即乌角巾。古代多为隐居不仕者的帽子。南朝宋羊欣《采古来能书人名》:"吴时张弘好学不仕,常着乌巾,时人号为张乌巾。"
⑧ 梭悬愁结:语出《晋书·列女传·窦滔妻苏氏》:"窦滔妻苏氏,始平人也,名蕙,字若兰。善属文。滔,苻坚时为秦州刺史,被徙流沙,苏氏思之,织锦为回文旋图诗对赠滔。宛转循

环以读之,词甚凄惋。"杜牧《代人作》:"锦字梭悬壁,琴心月满台。"梭,织布机中牵引纬线的织具,形如枣核。

⑨ 蒂(dì)翦离痕:苏轼《天仙子》:"白发卢郎情未已,一夜剪刀收玉蕊。"蒂,花或瓜果与枝茎相连的部分。战国楚宋玉《高唐赋》:"绿叶紫裹,丹茎白蒂。"离痕,指离人的泪痕。

⑩ "中郎"二句:事见《后汉书·蔡邕传》:"邕虑卒不免,乃亡命江海,远迹吴会。"注引张骘《文士传》:"邕告吴人曰:'吾昔尝经会稽高迁亭,见屋椽竹,东间第十六可以为笛。'取用,果有异声。"中郎,官名。秦置,汉沿用。担任宫中护卫、侍从。属郎中令。分五官、左、右三中郎署。各署长官称中郎将,省称中郎。汉苏武、蔡邕曾任中郎将,后世均以中郎称之。此指蔡邕。横竹,指横笛。笛以竹制而横吹,故称。

⑪ 吹裂哀云:事见《唐国史补》卷下:"李舟好事,尝得村舍烟竹,截以为笛,坚如铁石,以遗李牟,牟吹笛天下第一。月夜泛江,维舟吹之,寥亮逸发,上彻云表。俄有客独立于岸,呼船请载。既至,请笛而吹,甚为精壮,山河可裂,牟平生未尝见。及入破(唐宋大曲的专用语。大曲每套都有十余遍,归入散序、中序、破三大段。入破即为破这一段的第一遍),呼吸盘擗,其笛应声粉碎,客散不知所之。"

⑫ 露华:清冷的月光。

⑬ 坊:坊曲。指妓女所居之地。

⑭ 袜罗微步:比喻美人步履轻盈,如乘碧波而行。《文选·曹植〈洛神赋〉》:"凌波微步,罗袜生尘。"

⑮ 青苹:一种生于浅水中的草本植物。
⑯ 轻冰润玉:《世说新语·言语》"卫洗马初欲渡江"南朝梁刘孝标注引《卫玠别传》:"世咸谓诸王三子,不如卫家一儿,娶乐广女。裴叔道曰:'妻父有冰清之姿,婿有璧润之望,所谓秦晋之匹也。'"《晋书·卫玠传》作"妇公冰清,女婿玉润"。
⑰ 清尊:酒器。亦借指清酒。
⑱ 云槎:传说天河与海通,有人居海渚者,年年八月见有浮槎去来,不失期,遂立飞阁于查上,乘槎浮海而至天河,遇织女、牵牛。此人问此是何处,答曰:"君还至蜀郡访严君平则知之。"后至蜀,君平曰:"某年月日有客星犯牵牛宿。"正是此人到天河时。
⑲ 流红信杳:唐代红叶题诗、结成良缘的故事较多,情节略同而人事各异。如宣宗时,舍人卢渥偶临御沟,得一红叶,上题绝句云:"流水何太急,深宫尽日闲,殷勤谢红叶,好去到人间。"归藏于箱。后来宫中放出宫女择配,不意归卢者竟是题叶之人。见唐范摅《云溪友议》卷十。僖宗时,宫女韩氏以红叶题诗,自御沟流出,为于祐所得。祐亦题一叶,投沟上流,亦为韩氏所得。不久,宫中放宫女三千人,祐适娶韩氏。成礼日,各取红叶相示,方知红叶是良媒。见宋刘斧《青琐高议·流红记》。玄宗时顾况于苑中流水上得一大梧叶,上题诗云:"一入深宫里,年年不见春,聊题一片叶,寄与有情人。"况亦于叶上题诗和之。见唐孟棨《本事诗》。德宗时贾全虚于御沟见一花流至,旁连数叶,上题诗句。全虚悲想其人,为之流

泪。事闻于德宗,知为王才人养女凤儿所题,因以凤儿赐全虚。见宋王铚《补侍儿小名录》。后以"红叶题诗"为托物传情之典。
⑳ 萦断秋魂:因牵挂而断魂。萦,牵缠;牵挂。断魂,销魂神往。形容一往情深或哀伤。

扫花游①

赠芸隐②

草生梦碧③,正燕子帘帏,影迟春午④。倦荼荐乳⑤。看风签乱叶⑥,老沙昏雨⑦。古简蟫篇⑧,种得芸根疗蠹⑨。最清楚⑩。带明月自锄⑪,花外幽圃⑫。　醒眼看醉舞⑬。到应事无心⑭,与闲同趣⑮。小山有语⑯。恨逋仙占却⑰,暗香吟赋⑱。暖通书床⑲,带草春摇翠露⑳。未归去。正长安、软红如雾㉑。

注释

① 该词描绘朋友闲雅的书斋生活。

② 芸隐:即施枢,字知言,号芸隐。
③ 草生梦碧:《南史·谢惠连传》:"族兄灵运嘉赏之,云'每有篇章,对惠连辄得佳语'。尝于永嘉西堂思诗,竟日不就,忽梦见惠连,即得'池塘生春草',大以为工。常云'此语有神功,非吾语也'。"
④ 迟:缓慢。
⑤ 乳:乳花,烹茶所起的乳白色泡沫。
⑥ 签:此指书签。
⑦ 老沙:宋孙觌《怀思永》诗:"沙老犹生觜,江寒已伏槽。"
⑧ 古简:古代汗简。蟫(yín):蠹鱼。蚀衣服、书籍的蛀虫。
⑨ 芸(yún):香草名。即芸香。多年生草本植物,其下部为木质,故又称芸香树。花叶香气浓郁,可入药,有驱虫、驱风、通经的作用。蠹(dù):蛀虫。
⑩ 清楚:清朗。
⑪ 明月自锄:语出陶渊明《归园田居》诗:"带月荷锄归。"
⑫ 圃(pǔ):种植蔬菜、花果或苗木的园地。
⑬ 醒眼:清醒的眼光。醉舞:醉舞狂歌。形容沉迷于声色歌舞之中。
⑭ 应事无心:语出《列子·说符》:"投隙抵时,应事无方,属乎智。"应事,处理世务;应付人事。
⑮ 闲趣,闲适的情趣。同趣:同一旨趣,同一情志。
⑯ 小山有语:语出《楚辞·淮南小山〈招隐士〉》:"王孙游兮不归,春草生兮萋萋。"小山,汉淮南王刘安招集文人从事著述,

各造辞赋,以类相从,分别称为大山或小山,犹《诗经》之有《大雅》和《小雅》。
⑰ 逋仙:宋林逋隐于西湖孤山,不娶,种梅养鹤以自娱,人谓之"梅妻鹤子",后世常以"逋仙"称誉之。却:助词。用在动词后面,表动作的完成。
⑱ 暗香:梅花的代称。宋林逋《山园小梅》诗之一:"疏影横斜水清浅,暗香浮动月黄昏。"
⑲ 书床:犹书架。
⑳ 带草:草名。叶长而极其坚韧,相传汉郑玄门下取以束书,故名。《后汉书·郡国志四》"东莱郡"刘昭注引晋伏琛《三齐记》:"郑玄教授不其山,山下生草大如薤,叶长一尺余,坚刃异常,土人名曰康成书带。"
⑳ 软红:犹言软红尘,飞扬的尘土,形容繁华热闹,亦指繁华热闹的地方。宋苏轼《次韵蒋颖叔钱穆父从驾景灵宫》之一:"半白不羞垂领发,软红犹恋属车尘。"自注:"前辈戏语,有西湖风月,不如东华软红香土。"

扫花游①

送春古江村②

水园沁碧,骤夜雨飘红,竟空林岛。艳春过了。

有尘香坠钿③,尚遗芳草。步绕新阴④,渐觉交枝径小⑤。醉深窈⑥。爱绿叶翠圆,胜看花好。　　芳架雪未扫⑦。怪翠被佳人⑧,困迷清晓⑨。柳丝系棹。问阊门自古⑩,送春多少。倦蝶慵飞,故扑簪花破帽⑪。酹残照⑫。掩重城、暮钟不到⑬。

注释

① 该篇写暮春景色。
② 古江村:朱祖谋笺:"冯桂芬《苏州府志》:'西园在阊门西,洛人赵思别业。张孝祥大书其扁曰"古江村",中有"足娱堂"。'"
③ 尘香:指一种粉末状的香料。唐冯贽《南部烟花记·尘香》:"陈宫人卧履,皆以薄玉花为饰,内散以龙脑诸香屑,谓之尘香。"此指花粉。钿(diàn):用金、银、玉、贝等制成的花朵状的首饰。此指花。
④ 新阴:春夏之交新生枝叶逐渐茂密而形成的树荫。
⑤ 交枝:枝条交互。
⑥ 深窈:幽深。
⑦ 芳架雪:指花架上的白色落花。《格致镜原》卷七十一引《格物总论》:"(酴醾)及开时,花变白带浅碧,其香微而清,种者用大高架引之,盘曲而上,二三月间烂熳可观也。"
⑧ 翠被:织(或绣)有翡翠纹饰的被子。
⑨ 清晓:天刚亮时。

⑩ 阊(chāng)门:城门名。在江苏省苏州市城西。古时阊门高楼阁道,雄伟壮丽。唐代阊门一带是十分繁华的地方,地方官吏常在此宴请和迎送宾客,许多诗人都有诗词吟诵。
⑪ 故:仍旧。簪花:谓插花于冠。
⑫ 酹(lèi):以酒浇地,表示祭奠。残照:落日余晖。
⑬ "掩重城"句:周邦彦《扫花游》:"黯凝伫。掩重关、遍城钟鼓。"重城,古代城市在外城中又建内城,故称。泛指城市。

扫花游①

春 雪

水云共色,渐断岸飞花②,雨声初峭③。步帷素袅④。想玉人误惜,章台春老⑤。岫敛愁蛾⑥,半洗铅华未晓⑦。横轻棹⑧。似山阴夜晴,乘兴初到⑨。心事春缥缈⑩。记遍地梨花⑪,弄月斜照⑫。旧时齅草⑬。恨凌波路钥⑭,小庭深窈⑮。冻涩琼箫⑯,渐入东风郢调⑰。暖回早。醉西园⑱、乱红休扫。

注释

① 该词描写春雪的缥缈空灵。

88

② 断岸:江边绝壁。花:指雪花。

③ 峭:急。

④ 步帷:即步帐。屏幕的一种。袅:摇曳。

⑤ "想玉人"二句:化用了咏絮和章台柳两个典故。意谓美人误将飞雪认作飞舞的柳絮,因而感叹春光已晚。南朝宋刘义庆《世说新语·言语》:"谢太傅寒雪日内集,与儿女讲论文义。俄而雪骤,公欣然曰:'白雪纷纷何所似?'兄子胡儿曰:'撒盐空中差可拟。'兄女(谢道韫)曰:'未若柳絮因风起。'"又,唐韩翃有姬柳氏,以艳丽称。韩获选上第归家省亲;柳留居长安,安史乱起,出家为尼。后韩为平卢节度使侯希逸书记,使人寄柳诗曰:"章台柳,章台柳,昔日青青今在否?纵使长条似旧垂,亦应攀折他人手。"柳为蕃将沙咤利所劫,侯希逸部将许俊以计夺还归韩。后以"章台柳"形容窈窕美丽的女子。玉人,容貌美丽的人。章台,汉长安街名。泛指妓院聚集之地。春老,谓晚春。唐岑参《喜韩樽相过》诗:"三月灞陵春已老,故人相逢耐醉倒。"

⑥ 岫(xiù)敛愁蛾:化用"远山黛"的典故。古代女子用黛色画眉,色如远山。旧题汉伶玄《赵飞燕外传》:"合德新沐,膏九回沉水香为卷发,号新髻;为薄眉,号远山黛;施小朱,号慵来妆。"岫,山洞;有洞穴的山。引申指峰峦。蛾,蛾眉的省称。蚕蛾触须细长而弯曲,因以比喻女子美丽的眉毛。

⑦ 半洗铅华:形容春雪稍稍覆盖青山。铅华,妇女化妆用的铅粉。

⑧ 檥(yǐ):立木。引申为使船靠岸。轻棹:指小船。棹(zhào),

船桨。

⑨ "似山阴"二句:南朝宋刘义庆《世说新语·任诞》:"王子猷居山阴,夜大雪……忽忆戴安道。时戴在剡,即便夜乘小船就之,经宿方至,造门不前而返。人问其故,王曰:'吾本乘兴而行,兴尽而返,何必见戴?'"山阴,旧县名。秦置。因在会稽山之阴(北)得名。治所即今浙江绍兴。

⑩ 缥缈:随风飘扬;随水浮流。

⑪ 遍地梨花:语出刘方平《春怨》:"寂寞空庭春欲晚,梨花满地不开门。"

⑫ 弄月斜照:在黄昏时分赏月。弄月,赏月。斜照,斜阳。

⑬ 鬬草:又称斗百草。一种古代游戏。竞采花草,比赛多寡优劣,常于端午行之。

⑭ 凌波:形容女子步履轻盈。三国魏曹植《洛神赋》:"凌波微步,罗袜生尘。"钥(yuè):门下上贯横闩、下插入地的直木或直铁棍。引申为关,锁闭。

⑮ 深窈(yǎo):幽深。

⑯ 琼箫:玉箫。汉刘向《列仙传·萧史》:"萧史者,秦穆公时人也,善吹箫,能致孔雀、白鹤于庭。穆公有女字弄玉好之,公遂以女妻焉。"

⑰ 郢(yǐng)调:指楚地的歌曲。亦指高雅的曲调。此指《白雪》。《文选·宋玉〈对楚王问〉》:"其为《阳阿》《薤露》,国中属而和者数百人,其为《阳春》《白雪》,国中属而和者不过数十人而已。"李周翰注:"《阳春》《白雪》,高曲名也。"郢,古邑名。春

秋战国时楚国都城。今湖北省江陵县纪南城。楚文王定都于此。前278年秦拔郢,地入秦。地在纪山之南,故称为纪郢。又因地居楚国南境,故又称为南郢。

⑱ 西园:园林名。在绍兴龙山西麓,故名。五代钱镠建吴越国,都临安,以越州为东府,在此穿渠引水,营建园林,为后宫游乐之地。钱镠之孙钱倧被废后,迁居于此,益加整治,园圃之美,驰名吴越间。宋兴,吴越纳土,钱氏举族北徙,西园渐废。

扫花游①

赋瑶圃万象皆春堂②

暖波印日,倒秀影秦山③,晓鬟梳洗④。步帷艳绮⑤。正梁园未雪⑥,海棠犹睡⑦。藉绿盛红⑧,怕委天香到地⑨。画船系⑩。舞西湖暗黄⑪,虹卧新霁⑫。　天梦春枕被⑬。和凤筑东风⑭,宴歌曲水⑮。海宫对起⑯。灿骊光乍湿,杏梁云气⑰。夜色瑶台⑱,禁蜡初传翡翠⑲。唤春醉⑳。问人间、几番桃李㉑。

注释

① 该词写王府庭院,犹入仙境。

91

② 瑶圃(pǔ):语本《楚辞·九章·涉江》:"驾青虬兮骖白螭,吾与重华游兮瑶之圃。"产玉的园圃,指仙境。此指嗣荣王赵与芮绍兴府邸的瑶圃。圃:种植蔬菜、花果或苗木的园地。万象皆春堂:堂名。在绍兴荣王府中。取意于杜甫《宿白沙驿》"万象皆春气"之句。

③ 秦山:秦望山。在今浙江省杭州市西南。相传秦始皇东巡时曾登上此山以望南海,故名。

④ 晓鬟梳洗:语出杜牧《阿房宫赋》:"妃嫔媵嫱,王子皇孙,辞楼下殿,辇来于秦,朝歌夜弦,为秦宫人。明星荧荧,开妆镜也。绿云扰扰,梳晓鬟也。渭流涨腻,弃脂水也。"

⑤ 步帷:步帐。屏幕的一种。

⑥ 梁园未雪:语出谢惠连《雪赋》:"梁王不悦,游于兔园,乃置旨酒,命宾友,召邹生,延枚叟,相如末至,居客之右。俄而微霰零,密雪下。王乃歌《北风》于《卫诗》,咏《南山》于《周雅》,授简于司马大夫曰:'抽子秘思,骋子妍辞,侔色揣称,为寡人赋之。'"梁园,又称"梁苑"。西汉梁孝王所建的东苑。故址在今河南省开封市东南。园林规模宏大,方三百余里,宫室相连属,供游赏驰猎。梁孝王在其中广纳宾客,当时名士司马相如、枚乘、邹阳等均为座上客。也称兔园。

⑦ 海棠犹睡:语出惠洪《冷斋夜话》:"东坡作《海棠》诗曰:'只恐夜深花睡去,高烧银烛照红妆。'事见《太真外传》,曰:'上皇登沈香亭,诏太真妃子,妃子时卯醉未醒,命力士从侍儿扶掖而至,妃子醉颜残妆,鬓乱钗横,不能再拜,上皇笑曰:'岂是

妃子醉？真海棠睡未足耳。'"

⑧ 藉(jí)：杂乱；狼藉。引申指繁多。

⑨ 委：下垂。天香：芳香的美称。特指桂、梅、牡丹等花香。

⑩ 画船：装饰华美的游船。

⑪ 西湖：此指镜湖的西湖。镜湖为古代长江以南的大型农田水利工程之一。在今浙江绍兴会稽山北麓。东汉永和五年(公元140年)在会稽太守马臻主持下修建。以水平如镜，故名。跨会稽、山阴两县，分为东湖和西湖。《会稽志》卷十三："永和五年，太守马公臻始作大堤，潴三十六源之水，名曰镜湖。堤之在会稽者，自五云门东至于曹娥江，凡七十二里；在山阴者，自常喜门西至于西小江，凡四十五里。故湖之形势亦分为二而隶两县，隶会稽曰东湖，隶山阴曰西湖。"暗黄：喻由黄转绿的柳条。李贺《河南府试十二月乐词·正月》："上楼迎春新春归，暗黄着柳宫漏迟。"按：西湖边多种柳树。

⑫ 虹卧新霁：语出杜牧《阿房宫赋》："长桥卧波，未云何龙？复道行空，不霁何虹？"虹卧：指彩虹。又可指桥。霁(jì)，雨止天晴。

⑬ 天梦：指钧天梦。《史记·赵世家》："赵简子疾，五日不知人……居二日半，简子寤。语大夫曰：'我之帝所甚乐，与百神游于钧天，广乐九奏万舞，不类三代之乐，其声动人心。'"

⑭ 和凤：语出《左传·庄公二十二年》："初，懿氏卜妻敬仲。其妻占之，曰：'吉。是谓"凤皇于飞，和鸣锵锵"。'"杜预注："雄曰凤，雌曰皇。雄雌俱飞，相和而鸣锵锵然，犹敬仲夫妻相随

适齐,有声誉。"筑(zhù):古弦乐器名。有五弦、十三弦、二十一弦三种说法。其形似筝,颈细而肩圆,弦下设柱。演奏时,左手按弦的一端,右手执竹尺击弦发音。此作动词,弹奏。

⑮ 宴歌:宴饮歌唱。曲水:古代风俗,于农历三月上巳日(上旬的巳日,魏晋以后始固定为三月三日)就水滨宴饮,认为可被除不祥,后人因引水环曲成渠,流觞取饮,相与为乐,称为曲水。王羲之《兰亭集序》:"会于会稽山阴之兰亭,修禊事也。群贤毕至,少长咸集。此地有崇山峻岭,茂林修竹。又有清流激湍映带左右,引以为流觞曲水。"

⑯ 海宫:龙宫。此美称荣王府邸。

⑰ "灿骊光"二句:《会稽志》卷六:"禹庙在县东南一十二里,《越绝书》云:少康立祠于禹陵所。梁时修庙,唯欠一梁。俄风雨大至,湖中得一木,取以为梁,即梅梁也。夜或大雷雨,梁辄失去,比复归,水草被其上。人以为神,縻以大铁绳,然犹时一失之。"骊光,原指明珠。晋葛洪《抱朴子·祛惑》:"凡探明珠,不于合浦之渊,不得骊龙之夜光也。"骊,骊龙的省称。杏梁,文杏木所制的屋梁,言其屋宇的高贵。

⑱ 瑶台:美玉砌的楼台。亦泛指雕饰华丽的楼台。又指传说中的神仙居处。晋王嘉《拾遗记·昆仑山》:"傍有瑶台十二,各广千步,皆五色玉为台基。"

⑲ 禁蜡初传:旧时寒食节禁烟后重行举火。古代宫中取火以赐近臣,再传递民家,故称。翡翠:指翠羽。用以装饰车服,编织帘帷。此指用翠羽装饰的车乘。

⑳ 春醉：关合荣王府自制的"万象皆春"酒。《说郛》卷六十下引周密《南宋市肆纪》："诸色酒名"荣王府有"眉寿堂、万象皆春"。

㉑ 几番桃李：宋李弥逊《次韵陈君实先生二首》之二："骑马长安漫踽凉，几番桃李艳晨妆。"

花　犯①

谢黄复庵除夜寄古梅枝②

翦横枝③，清溪分影，翛然镜空晓④。小窗春到。怜夜冷孀娥⑤，相伴孤照⑥。古苔泪锁霜千点⑦，苍华人共老⑧。料浅雪、黄昏驿路⑨，飞香遗冻草⑩。　　行云梦中认琼娘⑪，冰肌瘦⑫，窈窕风前纤缟⑬。残醉醒⑭，屏山外⑮、翠禽声小。寒泉贮、绀壶渐暖⑯，年事对⑰、青灯惊换了⑱。但恐舞、一帘蝴蝶，玉龙吹又杳⑲。

注释

① 该词歌咏友人赠予的一剪梅花。

② 黄复庵:生平不详。古梅:枝条多苔藓的梅花。
③ 横枝:指横斜的梅枝。
④ "清溪"二句:插梅容器内的清水超然地反射着天空的晓色。翛(xiāo),超脱貌。镜,映,照。
⑤ 孀(shuāng)娥:指嫦娥。孀,寡妇。指已婚妇女独居。
⑥ 孤照:微弱之光。此指微弱的月光。
⑦ 古苔泪锁:范成大《范村梅谱》:"凡古梅多苔者,封固花叶之眼,惟罅隙间始能发花,花虽稀,而气之所钟,丰腴妙绝。"
⑧ 苍华:形容头发灰白。又指古梅上垂下的苔丝。范成大《范村梅谱》:"(古梅)有苔须垂于枝间,或长数寸,风至绿丝飘飘可玩。"
⑨ 驿路:驿道;大道。《太平御览》卷九七〇引南朝宋盛弘之《荆州记》:"陆凯与范晔相善,自江南寄梅花一枝,诣长安与晔,并赠花诗曰:'折花逢驿使,寄与陇头人。江南无所有,聊寄一枝春。'"后因以"驿使梅花"表示对亲友的问候及思念。
⑩ 飞香:飞舞的落梅。冻草:指经冬未死的草。
⑪ 行云梦中:用"巫山云雨"故事。战国宋玉《高唐赋》序:"昔者先王尝游高唐,怠而昼寝。梦见一妇人,曰:'妾巫山之女也,为高唐之客。闻君游高唐,愿荐枕席。'王因幸之。去而辞曰:'妾在巫山之阳,高丘之阻,旦为朝云,暮为行雨,朝朝暮暮,阳台之下。'旦朝视之,如言,故为之立庙,号曰朝云。"琼娘:指许飞琼。传说中的仙女。西王母之侍女。又指飘飞的白色物,如雪、玉兰花等。

⑫ 冰肌:形容女子纯净洁白的肌肤。《庄子·逍遥游》:"藐姑射之山,有神人居焉,肌肤若冰雪,绰约若处子。"

⑬ 窈窕:美好貌。纤缟:细白绢。

⑭ 残醉:酒后残存的醉意。

⑮ 屏山:指屏风。

⑯ 绀(gàn)壶渐暖:张枢失调名咏茶花残句:"金谷移春,玉壶贮暖。"绀壶,晋王嘉《拾遗记·魏》:"文帝所爱美人,姓薛名灵芸,常山人也……灵芸闻别父母,歔欷累日,泪下沾衣。至升车就路之时,以玉唾壶承泪,壶则红色。既发常山,及至京师,壶中泪凝如血。"绀,深青透红之色。

⑰ 年事:年岁,年纪。

⑱ 青灯:光线青荧的油灯。借指读书人孤寂、清苦的生活。

⑲ "但恐"三句:意谓唯恐春后梅花凋零。蝴蝶,蝴蝶飞舞,代表浓浓春意。玉龙吹,语出李白《与史郎中钦听黄鹤楼上吹笛》诗:"黄鹤楼中吹玉笛,江城五月《落梅花》。"玉龙,喻笛。

绛都春①

燕亡久矣②,京口适见似人③,怅怨有感

南楼坠燕④。又镫晕夜凉⑤,疏帘空卷。叶吹暮喧⑥，花露晨晞秋光短⑦。当时明月娉婷伴⑧。怅客路⑨、幽扃俱远⑩。雾鬟依约⑪，除非照影，镜空不见⑫。　　别馆⑬。秋娘乍识⑭，似人处、最在双波凝盼⑮。旧色旧香⑯，闲雨闲云情终浅⑰。丹青谁画真真面⑱。便祇作⑲、梅花频看⑳。更愁花变梨霙㉑，又随梦散。

注释

① 偶见貌似旧爱之人，追怀当日情境。
② 燕：燕姞的省称。燕姞，春秋时郑文公妾。后用以泛指姬妾。此指某歌妓。
③ 京口：古城名。在今江苏镇江市。公元209年，孙权把首府自吴(苏州)迁此，称为京城。公元211年迁治建业后，改称京口镇。东晋、南朝时称京口城。为古代长江下游的军事重镇。适：正好，恰巧。似人：指容貌相似的人。
④ 南楼坠燕：晋石崇爱妾绿珠，相传本白州(今广西壮族自治区博白县)梁氏女，美而艳，善吹笛，后为孙秀所逼，坠楼而死。后诗文中泛指美女。
⑤ 镫晕夜凉：语出庾信《对烛赋》："光清寒入，焰暗风过。"
⑥ 叶吹暮喧：意谓晚风吹动叶子发出声响。
⑦ 花露晨晞(xī)：形容红颜薄命。露晞，露水干涸。比喻生命的短暂。《汉书·苏武传》："人生如朝露，何久自苦如此！"颜师

绛都春(南楼坠燕)

古注:"朝露见日则晞,人命短促亦如之。"晞,干。秋光短:秋日的阳光短暂。

⑧ 当时明月娉(pīng)婷伴:语出晏几道《临江仙》:"当时明月在,曾照彩云归。"娉婷:美人;佳人。

⑨ 客路:指旅途。

⑩ 幽扃(jiōng):谓坟墓。扃:从外关闭门户的门闩。门户。

⑪ 雾鬟:女子浓密秀美的头发。依约:仿佛。

⑫ "除非"二句:伏知道《为王宽与妇义安主书》:"当令照影双来,一鸾羞镜;弗使窥窗独坐,嫦娥笑人。"

⑬ 别馆:客馆。

⑭ 秋娘:唐代歌妓女伶的通称。此指在京口客栈遇到的容貌像亡"燕"的妓女。

⑮ 波:秋波。比喻美女的眼睛目光,形容其清澈明亮。

⑯ 旧色旧香:语出周邦彦《玲珑四犯》:"休问旧色旧香,但认取、芳心一点。"

⑰ 闲雨闲云:指男女欢会。语出《文选·宋玉〈高唐赋〉序》:"昔者楚襄王与宋玉游于云梦之台,望高唐之观,其上独有云气……王问玉曰:'此何气也?'玉对曰:'所谓朝云者也。'王曰:'何谓朝云?'玉曰:'昔者先王尝游高唐,怠而昼寝,梦见一妇人曰:妾巫山之女也,为高唐之客,闻君游高唐,愿荐枕席。王因幸之。去而辞曰:妾在巫山之阳,高丘之岨,旦为朝云,暮为行雨。朝朝暮暮,阳台之下。'"

⑱ 丹青谁画真真面:语出唐杜荀鹤《松窗杂记》:"唐进士赵颜于

画工处得一软障,图一妇人甚丽,颜谓画工曰:'世无其人也,如可令生,余愿纳为妻。'画工曰:'余神画也,此亦有名,曰真真,呼其名百日,昼夜不歇,即必应之,应则以百家彩灰酒灌之,必活。'颜如其言,遂呼之百日……果活,步下言笑如常。"后因以"真真"泛指美人。

⑲ 祇(zhī):只;仅。

⑳ 梅花频看:以真真喻梅花。语出陈与义《次何文缜题颜持约画水墨梅花韵二首》之一:"窗间光景晚来新,半幅溪藤万里春。从此不贪江路好,剩抛心力唤真真。"

㉑ 花变梨霙:意谓梅花遭受冰雪侵害。宋葛立方《满庭芳·探梅》词:"狂吹鸣篪,祥霙剪水,分明欺压寒梅。"花,指梅花。变,灾害。梨霙(yīng),像梨花一样的雪。霙,雪花。

绛都春[①]

为李篔房量珠贺[②]

情黏舞线[③]。怅驻马灞桥[④],天寒人远。旋剪露痕,移得春娇栽琼苑[⑤]。流莺长语烟中怨。恨三月、飞花零乱。艳阳归后,红藏翠掩,小坊幽院[⑥]。

谁见。新腔按彻[⑦],背灯暗[⑧]、共倚篔屏蒽蒨[⑨]。绣被梦轻,金屋妆深沈香换⑩。梅花重洗春风面⑪。正溪上、参横月转⑫。并禽飞上金沙⑬,瑞香雾暖⑭。

注释

① 友人赎买一位风尘女子为姬妾,词人赋之。
② 李篔房:即李彭老。(生卒年不详)字商隐,号篔房,德清(今属浙江)人,淳祐中,为沿江制置司属官。与吴文英、周密以词酬唱。周密《浩然斋雅谈》卷下云:"篔房李彭老,词笔妙一世,予已择十二阕入《绝妙词》矣。"又云:"张直夫尝为词叙云:'靡丽不失为国风之正,闲雅不失为骚雅之赋,摹拟玉台不失为齐梁之工,则情为性用,未闻为道之累。'楼茂叔亦云:'裙裾之乐,何待晚悟,笔墨劝淫,咎将谁执。或者假正大之说,而掩其不能,其罪我必焉。'"量珠:唐刘恂《岭表录异》卷上:"绿珠井,在白州双角山下。昔梁氏之女有容貌,石季伦为交趾采访使,以真珠三斛买之。"后因以"量珠"为买妾的代称。
③ "情黏舞线"三句:唐韩翃有姬柳氏,以艳丽称。韩获选上第归家省亲;柳留居长安,安史乱起,出家为尼。后韩为平卢节度使侯希逸书记,使人寄柳诗曰:"章台柳,章台柳,昔日青青今在否?纵使长条似旧垂,亦应攀折他人手。"柳为蕃将沙咤利所劫,侯希逸部将许俊以计夺还归韩。舞线,犹"柳线"。柳条细长下垂如线,故名。南朝梁范云《送别》诗:"东风柳线

长,送郎上河梁。""舞"字或点出女子舞妓的身份。

④ 灞桥:桥名。本作霸桥。据《三辅黄图·桥》:霸桥,在长安东,跨水作桥。汉人送客至此桥,折柳赠别。

⑤ "旋翦"二句:暗示为舞妓赎身,开始新生活。露痕,花上露水。又喻女子泪痕。春娇,妖娆的春色。形容女子娇艳之态。亦指娇艳的女子。琼苑,琼林苑的省称。宋皇家苑名。宋乾德二年置,在汴京(今河南省开封市)城西。宋政和二年前,曾于此赐宴新进士。泛指贵家园林。

⑥ "流莺"六句:借景喻人,暗示烟花女子对凄凉生活的感叹,从中可见李篔房所纳之妾的身世。流莺,即莺。流,谓其鸣声婉转。又借指妓女。烟中怨,对风尘生活的哀怨。"飞花"三句,暗喻青春挥霍以后的衰老孤独。坊,坊曲。指妓女所居之地。

⑦ 新腔:指歌曲中新颖脱俗的腔调。按:弹奏。彻:尽。

⑧ 背灯:语出白居易《江南喜逢萧九彻因话长安旧游戏赠五十韵》:"绿窗笼水影,红壁背灯光。索镜收花钿,邀人解袷裆。"

⑨ 篔(yún):竹名。葱蒨:华美,艳丽。

⑩ 金屋:原指汉武帝接纳阿娇作妇的金屋,后常指安置妻妾的房屋。妆深沈香换:化妆时间久以至于沉香烧尽需要更换。深:历时久。沈香,香木名。产于亚热带,木质坚硬而重,黄色,有香味。心材为著名熏香料。

⑪ 梅花重洗春风面:喻指改头换面。

⑫ 参(shēn)横:参星横斜。指夜深。月转:月亮西转。指夜深。

⑬ 并禽飞上金沙:宋张先《天仙子·时为嘉禾小倅以病眠不赴

府会》词:"沙上并禽池上暝,云破月来花弄影。"并禽,成对的禽鸟。多指鸳鸯。金沙,含有金子的沙砾。沙地的美称。

⑭ 瑞香:植物名。常绿灌木,有浓香。比喻新纳的舞妓。

辑评

陈廷焯《白雨斋词话》:雅丽中时有灵气往来。

惜秋华①

重 九

细响残蛩②,傍灯前、似说深秋怀抱。怕上翠微,伤心乱烟残照。西湖镜掩尘沙③,翳晓影④、秦鬟云扰⑤。新鸿,唤凄凉、渐入红萸乌帽⑥。　　江上故人老。视东篱秀色⑦,依然娟好⑧。晚梦趁、邻杵断⑨,乍将愁到⑩。秋娘泪湿黄昏⑪,又满城、雨轻风小。闲了。看芙蓉⑫、画船多少⑬。

注释

① 该词写重阳节凄清落寞的情怀。

② 蛩(qióng):蟋蟀的别名。

③ 镜:指平静明净的水面。

④ 翳(yì):遮蔽;隐藏;隐没。晓影:晓色。

⑤ 秦鬟云扰:可作二解:1.形容秦望山的云烟缭绕。2.形容众多女子在水边梳洗的繁华景象。化用杜牧《阿房宫赋》:"明星荧荧,开妆镜也。绿云扰扰,梳晓鬟也。渭流涨腻,弃脂水也。"秦鬟,指浙江秦望山。在今浙江省杭州市西南。相传秦始皇东巡时曾登上此山以望南海,故名。云,云鬟。妇女浓黑而柔美的鬓发。

⑥ 萸(yú):茱萸。植物名。香气辛烈,可入药,花色红紫。古俗农历九月九日重阳节,佩茱萸能祛邪辟恶。乌帽:乌纱帽。东晋成帝时宫官着乌帢。南朝宋始有乌纱帽,直至隋代均为官服。唐初曾贵贱均用,以后各代仍多为官服。《晋书·孟嘉传》:"(嘉)后为征西桓温参军,温甚重之。九月九日,温燕龙山,寮佐毕集。时佐吏并着戎服,有风至,吹嘉帽堕落,嘉不之觉。温使左右勿言,欲观其举止。嘉良久如厕,温令取还之,命孙盛作文嘲嘉,着嘉坐处。嘉还见,即答之,其文甚美,四坐嗟叹。"

⑦ 东篱:指种菊之处;菊圃。晋陶潜《饮酒》诗之五:"采菊东篱下,悠然见南山。"

⑧ 娟好:清秀美丽。

⑨ 杵(chǔ):舂捣谷物、药物及筑土、捣衣等用的棒槌。借指捣衣声。

⑩ 乍:初;刚刚。将:携带。

⑪ 秋娘:泛指年老色衰的妇女。唐时金陵女子,姓杜,名秋娘。本为李锜妾,后锜叛变被诛,入宫有宠于宪宗,穆宗立,为皇子傅姆,皇子废,秋娘赐归故乡,穷老而终。

⑫ 芙蓉:荷花。又,《西京杂记》卷二:"文君姣好,眉色如望远山,脸际常若芙蓉。"后因以"芙蓉"喻指美女。

⑬ 画船:装饰华美的游船。

烛影摇红①

赋德清县圃古红梅②

苔锁虹梁③,稽山祠下当时见④。横斜无分照溪光⑤,珠网空凝徧。姑射青春对面⑥。驾飞虬⑦、罗浮路远⑧。千年春在⑨,新月苔池,黄昏山馆。　　花满河阳⑩,为君羞褪晨妆茜⑪。云根直下是银河⑫,客老秋槎变⑬。雨外红铅洗断⑭。又晴霞、惊飞暮管⑮。倚阑祇怕⑯,弄水鳞生⑰,乘东风便。

注释

① 此乃咏梅之作。

② 德清：县名。县境周初隶吴，春秋属越，越灭属楚。秦汉两代，为乌程、余杭县南疆北境。三国入东吴版图，吴黄武元年(222)，武康立县，初名永安。县圃(xuán pǔ)：原为传说中神仙居处，在昆仑山顶，中有奇花异石。此为德清县境内的某园林名。圃，种植蔬菜、花果或苗木的园地。

③ 苺锁虹梁：语出宋晁补之《酬李唐臣赠山水短轴》诗："曷不南游观禹穴，梅梁锁涩萍满皮，神物变化当若斯。"苺，苔藓。虹梁，高架而拱曲的屋梁。此指会稽（今浙江绍兴）禹庙的大梁。《太平御览》卷九七〇引汉应劭《风俗通》："夏禹庙中有梅梁，忽一春生枝叶。"

④ 稽山祠：指会稽山的禹庙。稽山，会稽山的省称。在浙江省绍兴县东南。相传夏禹大会诸侯于此计功，故名。一名防山，又名茅山。

⑤ 横斜：或横或斜。多以状梅竹之类花木枝条及其影子。宋林逋《山园小梅》诗："疏影横斜水清浅，暗香浮动月黄昏。"溪光：指溪流的水色。

⑥ 姑射：此喻指梅花。《庄子·逍遥游》："藐姑射之山，有神人居焉，肌肤若冰雪，绰约若处子。"五代王周《大石岭驿梅花》诗："仙中姑射接瑶姬，成阵清香拥路岐。"

⑦ 飞虹：语出宋魏岘《四明它山水利备览》卷上："梅梁在堰江沙中。……梅木其上为会稽禹祠之梁，其下在它山堰，亦谓之梅梁。禹祠之梁，张僧繇图龙于其上，风雨夜或飞入鉴湖与龙斗，人见梁上水淋漓而萍藻满焉，始骇异之，乃以铁索锁于

柱。"虬,传说中的一种无角龙。

⑧ 罗浮:传说隋开皇中,赵师雄于罗浮山遇一女郎。与之语,则芳香袭人,语言清丽,遂相饮竟醉,及觉,乃在大梅树下。因以为咏梅典实。

⑨ 千年春在:此咏古梅,故云。

⑩ 花满河阳:晋潘岳任河阳(今河南省孟县西)县令,于一县遍种桃李,传为美谈。

⑪ 为君羞褪晨妆蒨(qiàn):意谓因为古红梅的缘故,桃李羞涩地卸去了清晨鲜艳的装饰。羞褪晨妆蒨,语出管鉴《桃源忆故人》:"寿芽初长香英嫩。拾翠芳洲春近。倩笑脸霞羞褪。"晨妆,清晨的妆饰。唐韩愈《东都遇春》诗:"川原晓服鲜,桃李晨妆靓。"蒨,鲜明;鲜艳。

⑫ 云根:深山云起之处。

⑬ 秋槎:传说天河与海通,有人居海渚者,年年八月见有浮槎去来,不失期,遂立飞阁于查上,乘槎浮海而至天河,遇织女、牵牛。此人问此是何处,答曰:"君还至蜀郡访严君平则知之。"后至蜀,君平曰:"某年月日有客星犯牵牛宿。"正是此人到天河时。南朝梁宗懔《荆楚岁时记》也载有类似的传说:汉张骞奉命出使西域等河源,乘槎经月,到一城市,见有一女在室内织布,又见一男子牵牛饮河,后带回织女送给他的支机石。

⑭ 红铅洗断:语出宋洪瑹《齐天乐》词:"空想吴山越水,花憔玉悴,但翠黛愁横,红铅泪洗。"红铅,胭脂和铅粉。

⑮ 暮管:指黄昏时的笛声。古笛曲有《梅花落》。《乐府诗集·横吹曲辞四·梅花落》郭茂倩题解:"《梅花落》本笛中曲也。按唐大角曲,亦有《大单于》《小单于》《大梅花》《小梅花》等曲,今其声犹有存者。"
⑯ 倚阑:刘元载妻《早梅》:"凭仗高楼莫吹笛,大家留取倚阑干。"祇(zhī):只;仅。
⑰ 弄水鳞生:语出苏轼《泛颍》诗:"忽然生鳞甲,乱我须与眉。"

烛影摇红①

元夕微雨②

碧澹山姿,暮寒愁沁歌眉浅③。障泥南陌润轻酥④,镫火深深院⑤。入夜笙歌渐暖⑥。彩旗翻、宜男舞遍⑦。恣游不怕⑧,素袜尘生⑨,行裙红溅。　银烛笼纱,翠屏不照残梅怨⑩。洗妆清靥湿春风⑪,宜带啼痕看⑫。楚梦留情未散⑬。素娥愁⑭、天深信远⑮。晓窗移枕⑯,酒困香残⑰,春阴帘卷⑱。

注释

① 此词写元夜狎妓。

② 元夕:旧称农历正月十五日为上元节,是夜称元夕,与"元夜""元宵"同。

③ 暮寒愁沁歌眉浅:语出毛滂《菩萨蛮》:"云山沁绿残眉浅。"歌眉,歌女的眉毛。眉浅,此以眉色喻山色,谓山色浅淡。《西京杂记》卷二:"文君姣好,眉色如望远山,脸际常若芙蓉。"

④ 障泥:垂于马腹两侧,用于遮挡尘土的东西。南陌:南面的道路。润轻酥:谓雨轻柔。润,雨水;水。酥,比喻物之洁白柔软而滑腻。

⑤ 深深院:语出欧阳修《蝶恋花》:"庭院深深深几许。"

⑥ 笙歌:合笙之歌,亦谓吹笙唱歌,泛指奏乐唱歌。

⑦ "彩旗"二句:《武林旧事》卷三:"(淳熙间)承平日久,乐与民同,凡游观买卖,皆无所禁,画楫轻舫,旁午如织。至于果蔬、羹酒、关扑、宜男、戏具、闹竿、花篮、画扇、彩旗、糖鱼、粉饵、时花、泥婴等,谓之'中土宜'。"宜男,宜男草,萱草的别名。古代迷信,认为孕妇佩之则生男。

⑧ 恣游:纵情游荡。五代王定保《唐摭言·韦庄奏请追赠不及第人近代者》:"(赵光远)恃才不拘小节,常将领子弟,恣游狭斜。"

⑨ 袜尘生:语出《文选·曹植〈洛神赋〉》:"凌波微步,罗袜生尘。"

⑩ 翠屏:绿色屏风。残梅:凋零的梅花。此指妓女。

⑪ 洗妆:梳洗打扮。靥(yè):面颊上的微窝,俗称酒窝,泛指面颊。

⑫ 啼痕:泪痕。

⑬ 楚梦:本指楚王游阳台梦遇巫山神女事。后借指短暂的美梦,多指男女欢会。

⑭ 素娥:嫦娥的别称。亦用作月的代称。

⑮ 天深:天空深远。信远:音信远隔。

⑯ 晓窗移枕:语出王建《春词》:"下堂把火送郎回,移枕重眠晓窗里。"

⑰ 酒困:谓饮酒过多,神志迷乱。语本《论语·子罕》:"不为酒困,何有于我哉!"

⑱ 春阴:春日的时光。

玉京谣①

陈仲文自号藏一②,盖取坡诗中"万人如海一身藏"语,为度夷则商犯无射宫腔,制此赠之③

蝶梦迷清晓④,万里无家,岁晚貂裘敝⑤。载取琴书⑥,长安闲看桃李。烂绣锦⑦、人海花场,任客燕⑧、飘零谁计。春风里。香泥九陌⑨,文梁孤垒⑩。　微吟怕有诗声戛⑪。镜慵看、但小楼独倚。金屋千娇⑫,从他鸳暖秋被⑬。蕙帐移⑭、烟雨孤山⑮,待对影、落梅清泚⑯。终不似、江上翠微流水⑰。

注释

① 该词写友人市隐之乐。

② 陈仲文:陈郁(？—1275),宋代诗人,词人。字仲文,号藏一。临川(今属江西)人。宋理宗时任缉熙殿应制,景定间充东宫讲堂掌书。《全宋词》辑得其词三首,皆为长调。又著有《藏一话腴》四卷,多记南北宋杂事,间及诗话,亦或自抒议论。

③ 度:作曲。夷则:十二律之一。阴律六为吕,阳律六为律。夷则为阳律的第五律。律吕相配居第九。商:五音(宫、商、角、徵、羽)之一。犯:词曲变调,移换宫商。无射:古十二律之一。位于戌,故亦指阴历九月。宫:古代五声音阶的第一音级。腔:曲调。

④ 蝶梦:语出《庄子·齐物论》:"昔者庄周梦为胡蝶,栩栩然胡蝶也,自喻适志与！不知周也。俄然觉,则蘧蘧然周也。不知周之梦为胡蝶与,胡蝶之梦为周与？周与胡蝶,则必有分矣。此之谓物化。"清晓:天刚亮时。

⑤ 岁晚:岁末,一年将终时。喻人的晚年。貂裘敝:《战国策·秦策一》:"(苏秦)说秦王,书十上而说不行,黑貂之裘弊,黄金百斤尽。"

⑥ 琴书:琴和书籍。多为文人雅士清高生涯常伴之物。《高士传》卷中:"陈仲子者,齐人也。……楚王闻其贤,欲以为相,

遣使持金百镒至于陵聘仲子。……妻曰:'夫子左琴右书,乐在其中矣。……'"

⑦ 烂:灿烂。绣锦:形容鲜花艳丽。

⑧ 客燕:燕子为候鸟,迁徙如行客。此自喻。杜甫《立秋后题》诗:"玄蝉无停号,秋燕已如客。"

⑨ 香泥:芳香的泥土。此指燕子筑巢所衔的泥。南朝梁简文帝《和湘东王首夏诗》:"燕泥衔复落,鹍吟敛更扬。"九陌:汉长安城中的九条大道。泛指都城大道和繁华闹市。

⑩ 文梁:绘有花纹的大梁。汉司马相如《长门赋》:"刻木兰以为榱兮,饰文杏以为梁。"孤垒:原指孤立的堡寨。此指孤燕所筑的巢。

⑪ 微吟:小声吟咏。诗声:指古代诗歌的词和曲调。翳(yì):遮蔽;隐没。

⑫ 金屋:泛指华美之屋。《汉武故事》:"帝以乙酉年七月七日生于猗兰殿。年四岁,立为胶东王。数岁,长公主嫖抱置膝上,问曰:'儿欲得妇不?'胶东王曰:'欲得妇。'长主指左右长御百余人,皆云不用。末指其女问曰:'阿娇好不?'于是乃笑对曰:'好!若得阿娇作妇,当作金屋贮之也。'"

⑬ 从他:任由其。鸳暖秋被:喻男女欢爱。

⑭ 蕙帐移:语出南朝齐孔稚珪《北山移文》:"蕙帐空兮夜鹄怨,山人去兮晓猿惊。"蕙帐,帐的美称。

⑮ 孤山:山名。在浙江杭州西湖中,孤峰独耸,秀丽清幽。宋林逋曾隐居于此,喜种梅养鹤,世称孤山处士。孤山北麓有放

鹤亭和默林。
⑯ 清泚(cǐ)：清澈。
⑰ "终不似"二句：意谓(虽有富贵温柔乡)毕竟不如归隐江湖。翠微，指青翠掩映的山腰幽深处。

木兰花慢①

游虎丘(陪仓幕游。时魏益斋已被亲擢，陈芬窟、李方庵皆将满秩。)②

紫骝嘶冻草③，晓云锁、岫眉颦④。正蕙雪初销⑤，松腰玉瘦⑥，憔悴真真⑦。轻藤⑧。渐穿险磴⑨，步荒苔、犹认瘗花痕⑩。千古兴亡旧恨，半丘残日孤云。　开尊⑪。重吊吴魂。岚翠冷⑫、洗微醺⑬。问几曾夜宿，月明起看，剑水星纹⑭。登临总成去客⑮，更软红⑯、先有探芳人。回首沧波故苑⑰，落梅烟雨黄昏。

注释

① 该词为初春游虎丘所作，格高调远。

② 虎丘:山名。在江苏省苏州市西北,亦名海涌山。唐时因避讳曾改称武丘或兽丘,后复旧称。相传吴王阖闾葬此。仓幕:又称庾幕。仓台幕、庾台幕的简称。仓台是宋代管理粮仓的机构。魏益斋:生平不详。亲擢:御笔简拔。陈芬窟:吴文英在苏州仓幕的同僚。生平不详。满秩:秩满。官吏任期结束。

③ 紫骝:古骏马名。冻草:指经冬未死的草。

④ 岫(xiù)眉:此实指青山。化用"远山黛"的典故。古代女子用黛色画眉,色如远山。旧题汉伶玄《赵飞燕外传》:"合德新沐,膏九回沉水香为卷发,号新髻;为薄眉,号远山黛;施小朱,号慵来妆。"岫,山洞;有洞穴的山。引申指峰峦。

⑤ 蕙:香草名。

⑥ 松腰玉瘦:化用沈腰典故以形容松树遒劲之态。《梁书·沈约传》载:沈约与徐勉素善,遂以书陈情于勉,言己老病,"百日数旬,革带常应移孔,以手握臂,率计月小半分。以此推算,岂能支久?"后因以"沈腰"作为腰围瘦减的代称。玉瘦,形容美人消瘦。喻花木枝丫遒劲的美态。

⑦ 真真:唐时吴妓。唐范摅《云溪友议》卷六:"真娘者,吴国之佳人也,时人比于钱塘苏小小,死葬吴宫之侧,行客慕其华丽,竞为诗题于墓树。"其墓在今江苏苏州市虎丘西。

⑧ 藤:借指手杖。

⑨ 磴(dèng):石台阶。

⑩ 瘗(yì)花:指埋葬已故的美女。

⑪ 开尊:指举杯(饮酒)。

⑫ 岚(lán)翠:苍翠色的山雾。岚,山林中的雾气。

⑬ 醺(xūn):醉。

⑭ 剑水:剑池之水。剑池位于虎丘之上,据载池下为吴王阖闾葬所,随葬有"专诸""鱼肠"等宝剑三千口。又《元和郡县志》:"秦皇凿山以求珍异,莫知所在,孙权穿之亦无所得,其凿处遂成深涧。"后来演变为剑池。又喻剑光如水。星纹:星文。借指剑。据《晋书·张华传》载:晋代张华见斗、牛二星之间常有紫气,推知豫章丰城有宝剑。张华派雷焕到丰城,掘狱屋基,得宝剑二把。

⑮ 总成去客:针对"时魏益斋已被亲擢,陈芬窟、李方庵皆将满秩"而言。

⑯ 软红:犹言软红尘,谓繁华热闹,此指京城。

⑰ 沧波故苑:指虎丘山。亦名海涌山。据说由沧海变化而成,在唐宋时尚可远望大海。

辑评

陈廷焯《词则·别调集》:景中带情,词意两胜。

新雁过妆楼①

梦醒芙蓉②。风檐近③、浑疑佩玉丁东④。翠微流水⑤,都是惜别行踪。宋玉秋花相比瘦,赋情更苦似春浓⑥。小黄昏⑦,绀云暮合⑧,不见征鸿⑨。宜城当时放客⑩,认燕泥旧迹,返照楼空⑪。夜阑心事⑫,灯外败壁哀蛩⑬。江寒夜枫怨落⑭,怕流作题情肠断红⑮。行云远⑯,料澹蛾人在⑰,秋香月中⑱。

注释

① 秋日黄昏追怀离去的情人。
② 芙蓉:荷花的别名。又,《西京杂记》卷二:"文君姣好,眉色如望远山,脸际常若芙蓉。"后因以"芙蓉"喻指美女。
③ 风檐:指风中的屋檐。
④ 浑:简直;几乎。佩玉丁东:此形容风中檐角铃铛的声音。唐杜甫《咏怀古迹》之三:"画图省识春风面,环佩空归月夜魂。"佩玉,古代系于衣带用作装饰的玉。
⑤ 翠微:指青翠掩映的山腰幽深处。泛指青山。
⑥ "宋玉"二句:《九辩》首句为"悲哉秋之为气也",故后人常以宋玉为悲秋悯志的代表人物。李清照《醉花阴》:"莫道不消魂,帘卷西风,人比黄花瘦。"宋玉,战国时楚人,辞赋家。或称是屈原弟子,曾为楚顷襄王大夫。其流传作品,以《九辩》最为可信。赋情,吟诗作赋时的心情。
⑦ 小:未盛;将近。如"小暑""小寒""小晌午"。
⑧ 绀(gàn):天青色;深青透红之色。

⑨ 征鸿:即征雁。迁徙的雁,多指秋天南飞的雁。古有"燕足系书"的传说,故"不见征鸿"寓有音讯全无的意思。

⑩ 宜城当时放客:典出《类说》卷二九:"琴客,柳宜城(浑)之爱妾也,善抚琴瑟。宜城请老,琴客出嫁。顾况歌曰:'佳人玉立生北方,虽家邯郸不是娼。头髻接堕手爪长,善抚琴瑟有文章。南山阑干千丈雪,七十非人不暖热。人情销歇古共然,相公心在特书绝。上善若水任方圆,忆昨好之今弃捐。服药不如独自眠,从他别嫁一少年。'"宜城,古代襄州宜城(今湖北宜城县)。此指柳浑。客,指琴客。

⑪ 楼空:用燕子楼故事。燕子楼在今江苏省徐州市。相传为唐贞元时尚书张建封之爱妾关盼盼居所。张死后,盼盼念旧不嫁,独居此楼十余年。后以"燕子楼"泛指女子居所。燕泥旧迹:比喻风流往事。燕泥,燕子筑巢所衔的泥;燕巢上的泥。返照:夕阳,落日。

⑫ 夜阑心事:语出刘过《鹧鸪天》:"携手处,又相逢,夜阑心事与郎同。"夜阑,夜残;夜将尽时。

⑬ 败:毁坏。蛩(qióng):蟋蟀的别名。

⑭ 江寒夜枫怨落:语出唐张继《枫桥夜泊》:"月落乌啼霜满天,江枫渔火对愁眠。"落,指落叶。

⑮ "江寒"二句:用"红叶题诗"之典。唐代红叶题诗、结成良缘的故事较多,情节略同而人事各异。如宣宗时,舍人卢渥偶临御沟,得一红叶,上题绝句云:"流水何太急,深宫尽日闲,殷勤谢红叶,好去到人间。"归藏于箱。后来宫中放出宫女择

配,不意归卢者竟是题叶之人。
⑯ 行云:语出战国宋玉《高唐赋》序:"昔者先王尝游高唐,怠而昼寝。梦见一妇人,曰:'妾巫山之女也,为高唐之客。闻君游高唐,愿荐枕席。'王因幸之。去而辞曰:'妾在巫山之阳,高丘之阻,旦为朝云,暮为行雨,朝朝暮暮,阳台之下。'旦朝视之,如言,故为之立庙,号曰朝云。"
⑰ 澹蛾:清澹的黛眉(黛画之眉)。张祜《集灵台二首》之二:"却嫌脂粉浣颜色,澹扫蛾眉朝至尊。"蛾,蛾眉的省称。
⑱ 秋香月中:传说月中有桂树。秋香,一种桂花的名称。

新雁过妆楼①

中秋后一夕,李方庵月庭延客②,命小妓过《新水令》③,坐间赋词④

阆苑高寒⑤。金枢动⑥、冰宫桂树年年⑦。翦秋一半⑧,难破万户连环⑨。织锦相思楼影下⑩,细钗暗约小帘闲⑪。共无眠⑫。素娥惯得⑬,西坠阑干。　谁知壶中自乐⑭,正醉围夜玉⑮,浅斸婵娟⑯。雁风自劲⑰,云气不上凉天。红牙润沾素手⑱,听一曲清歌双雾鬟⑲。徐郎老,恨断肠声在⑳,离镜孤鸾㉑。

注释

① 该词咏月,抒写男女离合之恨。

② 月庭:月下庭院。延:邀请。

③ 过:过腔。由此调转入另一调。新水令:曲牌名。南北曲都属双调,北曲较常用,一般用作双调套曲的第一曲。朱祖谋笺:"《武林旧事·官本杂剧段数》有乐昌分镜。《猗觉寮杂记》云:'大曲《新水》歌乐昌公主与徐德言破镜复合事。'李方庵命妓所歌即此。故词云'徐郎老',又云'离镜孤鸾'也。"

④ 坐间:座席之中。

⑤ 阆苑:阆风(山名,在昆仑之巅。)之苑,传说中仙人的住处。高寒:语出苏轼《水调歌头·丙辰中秋欢饮达旦大醉作此篇兼怀子由》:"高处不胜寒,起舞弄清影。"

⑥ 金枢:传说中月亮没入之处。

⑦ 冰宫:指月中广寒宫。桂树:传说月中有树曰桂。

⑧ 觑秋一半:语出洪咨夔《天仙子·寿陈倅八月十五》:"风月分将秋一半。昨夜月明今夜满。"

⑨ 破万户连环:语出《战国策·齐策六》:"秦始皇尝使使者遗君王后玉连环,曰:'齐多智,而解此环不?'君王后以示群臣,群臣不知解;君王后引椎椎破之,谢秦使曰:'谨以解矣!'"连环,连结成串的玉环。

⑩ 织锦:典出《晋书·列女传·窦滔妻苏氏》:"窦滔妻苏氏,始平人也,名蕙,字若兰,善属文。滔,苻坚时为秦州刺史,被徙流沙,苏氏思之,织锦为回文旋图诗以赠滔。宛转循环以读

之,词甚凄惋。"相传其锦纵横八寸,题诗二百余首,计八百余言,纵横反复,皆成章句。

⑪ 钗约,传说唐玄宗与杨贵妃以金钗和钿盒作为定情的信物。唐陈鸿《长恨歌传》:"进见之日,奏《霓裳羽衣曲》以导之;定情之夕,授金钗钿合以固之。"

⑫ 无眠:语出苏轼《水调歌头·丙辰中秋欢饮达旦大醉作此篇兼怀子由》:"转朱阁,低绮户,照无眠。"

⑬ 素娥:嫦娥的别称。亦用作月的代称。

⑭ 壶中:传说东汉费长房为市掾时,市中有老翁卖药,悬一壶于肆头,市罢,跳入壶中。长房于楼上见之,知为非常人。次日复诣翁,翁与俱入壶中,唯见玉堂严丽,旨酒甘肴盈衍其中,共饮毕而出。

⑮ 围玉,谓以妓女围绕作屏。五代王仁裕《开元天宝遗事·妓围》:"申王每至冬月,有风雪苦寒之际,使宫妓密围于坐侧以御寒气,自呼为'妓围'。"玉,喻指美女。

⑯ 鬭婵娟:语出李商隐《霜月》诗:"青女素娥俱耐冷,月中霜里斗婵娟。"婵娟,姿态美好貌。指美人。

⑰ 雁风:指秋风。

⑱ 红牙:檀木的别称。檀木色红质坚,故名。又为乐器名。檀木制的拍板,用以调节乐曲的节拍。

⑲ 双鬟,古代年轻女子的两个环形发髻。雾鬟:女子浓密秀美的头发。

⑳ 断肠声:语出白居易《长恨歌》:"行宫见月伤心色,夜雨闻铃

肠断声。"

㉑"徐郎老"三句:唐孟棨《本事诗·情感》载:南朝陈太子舍人徐德言与妻乐昌公主恐国破后两人不能相保,因破一铜镜,各执其半,约于他年正月望日卖破镜于都市,冀得相见。后陈亡,公主没入越国公杨素家。德言依期至京,见有苍头卖半镜,出其半相合。德言题诗云:"镜与人俱去,镜归人不归;无复嫦娥影,空留明月辉。"公主得诗,悲泣不食。素知之,即召德言,以公主还之,偕归江南终老。后因以"破镜重圆"喻夫妻离散或决裂后重又团聚或和好。徐郎,徐德言。孤鸾,典出南朝宋范泰《鸾鸟诗》序:"昔罽宾王结罝峻祁之山,获一鸾鸟。王甚爱之,欲其鸣而不能致也。乃饰以金樊,飨以珍羞,对之愈戚,三年不鸣。其夫人曰:'尝闻鸟见其类而后鸣,何不悬镜以映之?'王从其言。鸾睹形感契,慨然悲鸣,哀响中霄,一奋而绝。"后以"孤鸾照镜"比喻无偶或失偶者对命运的伤悼。

水龙吟①

惠山酌泉②

艳阳不到青山,古阴冷翠成秋苑。吴娃点黛③,江妃拥髻④,空蒙遮断⑤。树密藏溪,草深迷市⑥,峭云一片⑦。二十年旧梦,轻鸥素约⑧,霜丝乱⑨、朱颜变。　龙吻春霏玉溅⑩。煮银瓶、羊肠车转⑪。临泉照影,清寒沁骨,客尘都浣⑫。鸿渐重来⑬,夜深华表,露零鹤怨⑭。把闲愁换与,楼前晚色,棹沧波远⑮。

注释

① 该词描写空濛的山水,以及重游故地的感伤。
② 惠山:古称华山,在今江苏无锡。以惠山泉著称。茶圣陆羽品第为天下第二泉。
③ 吴娃:吴地美女。此指西施。娃,美女。点黛:古时妇女用黑青色颜料画眉,称"点黛"。此指青翠的山色。
④ 江妃:传说中的神女。汉刘向《列仙传·江妃二女》:"江妃二女者,不知何所人也,出游于江汉之湄,逢郑交甫,见而悦之,不知其神人也。"拥髻:谓捧持发髻,话旧生哀。旧题汉伶玄《赵飞燕外传》附《伶玄自叙》:"通德占袖,顾视烛影,以手拥髻,凄然泣下。"此指峰峦攒聚。
⑤ 空蒙:迷茫貌;缥缈貌。
⑥ 草深迷市:语出杜甫《田舍》诗:"草深迷市井,地僻懒衣裳。"
⑦ 峭云:孤云。
⑧ 轻鸥素约:典出《列子·黄帝》:"海上之人有好沤鸟者,每旦之海上,从沤鸟游,沤鸟之至者百住而不止。其父曰:'吾闻

沤鸟皆从汝游,汝取来,吾玩之。'明日之海上,沤鸟舞而不下也。"黄庭坚《登快阁》诗:"万里归船弄长笛,此心吾与白鸥盟。"素约,旧约;早先约定的。

⑨ 霜丝:喻指白发。

⑩ 龙吻春霏玉溅:《无锡县志》卷三下:"第二泉即陆子泉也,在惠山之麓,若冰洞前。……宋高宗南渡时,尝在此池酌泉,故其后设栏卫护,谓之上池。……池口有暗渠,导泉从龙吻出注下池……亭基下即通龙吻石渠,渠中泉自龙吻中喷出,洋溢下池。"霏,飘洒。此指飘洒的水雾。

⑪ "煮银瓶"二句:意谓煮茶的声音像车轮行驶在羊肠小路。黄庭坚《以小团龙及半挺赠无咎并诗用前韵为戏》:"曲几团蒲听煮汤,煎成车声绕羊肠。"羊肠,喻指狭窄曲折的小路。

⑫ 客尘:旅途中所受的风尘,喻旅途劳顿。涴(wò):污染;弄脏。

⑬ 鸿渐:语出《易·渐》:"初六,鸿渐于干","六二,鸿渐于盘","九三,鸿渐于陆","六四,鸿渐于木","九五,鸿渐于陵"。谓鸿鹄飞翔从低到高,循序渐进。重来:吴文英年轻时曾来此地。

⑭ "夜深"二句:事见晋陶潜《搜神后记》卷一:"丁令威,本辽东人,学道于灵虚山,后化鹤归辽,集城门华表柱。时有少年,举弓欲射之,鹤乃飞,徘徊空中而言曰:'有鸟有鸟丁令威,去家千年今始归。城郭如故人民非,何不学仙冢累累。'遂高上冲天。"后以"华表鹤"指久别之人。

⑮ "把闲愁"三句:把无端无谓的忧愁换成楼前夜色里在碧波中远去的小船。棹(zhào):船桨。此谓划船。

辑评

陈廷焯《云韶集》卷八:"(上阕眉批)字字精炼,其秀在骨。(下阕眉批)点染处不滞于物,纯是一片客感。结得镇纸。

水龙吟[①]

用见山韵饯别[②]

夜分溪馆渔灯[③],巷声乍寂西风定[④]。河桥送远,玉箫吹断[⑤],霜丝舞影[⑥]。薄絮秋云,澹蛾山色,宦情归兴[⑦]。怕烟江渡后[⑧],桃花又泛[⑨],官沟上、春流紧[⑩]。　　新句欲题还省[⑪]。透香煤[⑫]、重笺误隐[⑬]。西园已负[⑭],林亭移酒[⑮],松泉荐茗[⑯]。携手同归处,玉奴唤[⑰]、绿窗春近[⑱]。想骄骢[⑲]、又蹋西湖[⑳],二十四番花信[㉑]。

注释

① 该词写渡头送别的情景,以及遥想友人回乡后的风流生活。
② 见山:姓吴。生平不详。
③ 夜分:夜半。溪馆:近水边的驿馆。渔灯:渔船上的灯火。

水龙吟（夜分溪馆渔灯）

④乍:初;刚刚。西风:西面吹来的风。多指秋风。

⑤"河桥"二句:语出杜牧《寄扬州韩绰判官》:"青山隐隐水迢迢,秋尽江南草木凋。二十四桥明月夜,玉人何处教吹箫?"河桥,桥梁。送远,送人远行。玉箫吹断,相传春秋秦穆公时有萧史,善吹箫,能致孔雀白鹤于庭。穆公以女弄玉妻之。萧史日教弄玉吹箫作凤鸣,后凤凰来集其屋。穆公筑凤台,使萧史夫妇居其上,数年后,皆随凤凰飞去。玉箫,玉制的箫或箫的美称。

⑥霜丝:可作二解:1.丝弦。唐李白《九日登山》诗:"胡人叫玉笛,越女弹霜丝。"2.喻指白发。

⑦"薄絮"三句:暗喻友人宦情淡泊,归心似箭。苏轼《送路都曹诗引》:"乖崖公在蜀,有录曹参军老病废事,公责之曰:'胡不归。'明日参军求去,且以诗留别。其略曰:'秋光都似宦情薄,山色不如归意浓。'公惊谢之曰:'吾过矣,同僚有诗人而吾不知。'因留而慰荐之。"絮(xù),粗丝绵。澹蛾,清澹的黛眉(黛画之眉)。宦情,做官的志趣、意愿。归兴,归思;回乡的兴致。

⑧烟江:烟雾弥漫的江面。

⑨桃花又泛:桃华水,即春汛。《汉书·沟洫志》:"来春桃华水盛,必羡溢,有填淤反壤之害。"颜师古注:"《月令》:'仲春之月,始雨水,桃始华。'盖桃方华时,既有雨水,川谷冰泮,众流猥集,波澜盛长,故谓之桃华水耳。"

⑩"宫沟"二句:用"红叶题诗"之典。唐代红叶题诗、结成良缘

的故事较多,情节略同而人事各异。如宣宗时,舍人卢渥偶临御沟,得一红叶,上题绝句云:"流水何太急,深宫尽日闲,殷勤谢红叶,好去到人间。"归藏于箱。后来宫中放出宫女择配,不意归卢者竟是题叶之人。宫沟,皇宫内的水沟。紧,急;快。

⑪ 新句欲题还省:承上句"红叶题诗"而言,主语是自己。新句,诗文中清新优美的语句。省(xǐng),察看。

⑫ 香煤:香墨。带香味的墨。

⑬ 重笺(jiān)误隐:重新注明错误和隐晦。笺,本指狭条形小竹片,古代无纸,用简策,有所表识,削竹为小笺,系之于简。《毛诗》篇首"郑氏笺"孔颖达疏:"郑于诸经皆谓之'注'。此言'笺'者,吕忱《字林》云:'笺者,表也,识也。'郑以毛学审备,遵畅厥旨,所以表明毛意,记识其事。故特称为笺。"后因以称注释古书,以显明作者之意为笺。

⑭ 西园:园林名。在绍兴龙山西麓,故名。

⑮ 林亭移酒:语出张谓《早春陪崔中丞浣花溪宴得暄字》:"红亭移酒席,画鹢逗江村。"

⑯ 茗(míng):茶芽。泛指茶。又指用茶叶泡制、烹制或煎制的饮料。

⑰ 玉奴:南朝齐东昏侯妃潘氏,小名玉儿,东昏侯败,同死。诗词中多称"玉奴"。泛指美女。

⑱ 绿窗:绿色纱窗。指女子居室。

⑲ 骄骢:壮健的骢马。泛指骏马。

⑳ 西湖:在浙江杭州城西。点出行人的目的地。
㉑ 二十四番花信:即二十四番花信风。花信风,应花期而来的风。自小寒至谷雨,凡四月,共八个节气,一百二十日,每五日一候,计二十四候,每候应以一种花的信风。每气三番。小寒:梅花、山茶、水仙;大寒:瑞香、兰花、山矾;立春:迎春、樱桃、望春;雨水:菜花、杏花、李花;惊蛰:桃花、棣棠、蔷薇;春分:海棠、梨花、木兰;清明:桐花、麦花、柳花;谷雨:牡丹、酴醾、楝花。

绕佛阁①

与沈野逸东皋天街卢楼追凉小饮②

夜空似水③,横汉静立④,银浪声杳。瑶镜奁小⑤。素娥乍起⑥、楼心弄孤照⑦。絮云未巧⑧。梧韵露井⑨,偏惜秋早。晴暗多少⑩。怕教彻胆,蟾光见怀抱⑪。　浪迹尚为客,恨满长安千古道⑫。还记暗萤、穿帘街语悄。叹步影归来⑬,人鬟花老⑭。紫箫天渺⑮。又露饮风前⑯,凉堕轻帽⑰。酒杯空、数星横晓。

注释

① 初秋与友人夜饮酒楼,作品描写夜色以及羁旅孤独的情怀。
② 沈野逸东皋(gāo):即沈平,字中行,号东皋叟。卢楼:楼名,在杭州。卢楼主人是吴文英友人卢长笛。天街:京城中的街道。追凉:乘凉;纳凉。
③ 夜空似水:语出杜牧《秋夕》诗:"天街夜色凉如水,卧看牵牛织女星。"
④ 横汉:指银河。汉,天河;银河。
⑤ 瑶镜奁小:喻月小。瑶镜,喻指圆月。奁(lián),古代盛梳妆用品的器具。
⑥ 素娥:嫦娥的别称。亦用作月的代称。乍:初;刚刚。
⑦ 楼心:犹楼中。孤照:微弱之光。
⑧ 絮云未巧:语出秦观《鹊桥仙》:"纤云弄巧,飞星传恨。"絮云,像絮一样的云。絮,粗丝绵。未巧,指未到七月。《昌黎县志》卷五:"五月六月看老云,七月八月看巧云。"注曰:"五六月油然作云,故曰老;七八月秋云似罗,故曰巧。"
⑨ 梧韵:梧桐树枝叶在风雨中的声音。露井:没有覆盖的井。
⑩ 晴暗:阴晴。苏轼《水调歌头》:"人有悲欢离合,月有阴晴圆缺。"
⑪ "怕教"二句:事见葛洪《西京杂记》卷三:"(咸阳宫)有方镜,广四尺,高五尺九寸,表里有明。人直来照之,影则倒见;以手扪心而来,则见肠胃五脏历然无碍,人有疾病在内,则掩心而照之,则知病之所在。又,女子有邪心,则胆张心动。秦始

皇常以照宫人,胆张心动者则杀之。"蟾光,月色;月光。

⑫ 恨:遗憾。

⑬ 步影:犹步月。谓月下散步。

⑭ 鬓花:插戴于鬓边的花朵。又,花白的鬓发。

⑮ 紫箫天渺:相传为萧史善吹箫,能致孔雀白鹤于庭。秦穆公以女弄玉妻之。萧史日教弄玉吹箫作凤鸣,后凤凰来集其屋。穆公筑凤台,使萧史夫妇居其上,数年后,皆随凤凰飞去。

⑯ 露饮:指露天饮酒、饮茶。

⑰ 凉堕轻帽:典出《晋书·孟嘉传》:"(嘉)后为征西桓温参军,温甚重之。九月九日,温燕龙山,寮佐毕集。时佐吏并着戎服,有风至,吹嘉帽堕落,嘉不之觉。温使左右勿言,欲观其举止。嘉良久如厕,温令取还之,命孙盛作文嘲嘉,着嘉坐处。嘉还见,即答之,其文甚美,四坐嗟叹。"

过秦楼①

芙 蓉

藻国凄迷②,曲尘澄映③,怨入粉烟蓝雾④。香笼麝水,腻涨红波,一镜万妆争妒⑤。湘女归魂,佩环玉冷无声⑥,凝情谁愬⑦。又江空月堕,凌波尘起⑧,彩鸳愁舞。　还暗忆、钿合兰桡⑨,丝牵琼腕⑩,见的更怜心苦⑪。玲珑翠屋⑫,轻薄冰绡⑬,稳称锦云留住⑭。生怕哀蝉⑮,暗惊秋被红衰⑯,啼珠零露⑰。能西风老尽,羞趁东风嫁与⑱。

注释

① 此为咏荷之作。

② 藻国:指有水草的水域。

③ 曲(qū)尘澄映:意出唐骆宾王《咏水》诗:"照霞如隐石,映柳若沈鳞。"曲尘,酒曲所生的霉菌。色淡黄,如尘。亦用以指淡黄色。又借指柳树,柳条。嫩柳叶色鹅黄,故称。曲,酒曲。

④ 粉烟蓝雾:形容水气笼罩中的荷花、荷叶。蓝,蓝绿色。

⑤ 一镜万妆争妒:以荷花喻美人。

⑥ "湘女"二句:意出唐杜甫《咏怀古迹》之三:"画图省识春风面,环佩空归月夜魂。"湘女,湘娥。舜二妃娥皇、女英。相传二妃没于湘水,遂为湘水之神。此指吴文英的亡妾。周癸叔认为:"梦窗有二妾。一名燕,湘产,而娶于吴,曾一至西湖,卒于吴。"

⑦ 凝情:情意专注。愬(sù):诉说。

⑧ 凌波尘起:语出《文选·曹植〈洛神赋〉》:"凌波微步,罗袜

生尘。"

⑨ 钿(diàn)合兰桡(ráo):荷花闭合了小船。形容荷花的茂盛。钿,用金、银、玉、贝等制成的花朵状的首饰。此指荷花。合:闭;合拢。兰桡:小舟的美称。兰,木兰。一种香木。桡,船桨。

⑩ 丝牵琼腕:语出萧绎《采莲赋》:"荇湿沾衫,菱长绕钏。"丝,菱蔓。

⑪ 的:通"菂"。莲子。当中有绿色的莲心。心苦:莲心味苦,故称。唐李群玉《寄人》诗:"莫语双莲子,须知用意深。莫嫌一点苦,便拟弃莲心。"

⑫ 玲珑:精巧貌。翠屋:喻指荷叶。萧绎《采莲赋》:"绿房兮翠盖,素实兮黄螺。"

⑬ 冰绡:薄而洁白的丝绸。喻指清澄的水面。

⑭ 稳称:妥帖工稳。锦云:彩云。喻指荷花。

⑮ 生怕:犹只怕,唯恐。哀蝉:古有《哀蝉曲》。相传汉武帝因思李夫人而作。

⑯ 被:覆盖。

⑰ 啼珠:喻指露珠。荷叶上多聚露珠。

⑱ "能西风"二句:宁可在秋风中老去,也不愿嫁给春风。张先《一丛花令》:"沈恨细思,不如桃杏,犹解嫁东风。"能,宁;宁可。趁,追逐;追赶。

珍珠帘①

春日客龟溪②,过贵人家,隔墙闻箫鼓声,疑是按舞③,伫立久之④

蜜沉烬暖萸烟袅⑤。层帘卷⑥、伫立行人官道⑦。麟带压愁香⑧,听舞箫云渺⑨。恨缕情丝春絮远⑩,怅梦隔、银屏难到⑪。寒峭⑫。有东风嫩柳,学得腰小⑬。　　还近绿水清明,叹孤身如燕⑭,将花频绕。细雨湿黄昏⑮,半醉归怀抱。蠹损歌纨人去久⑯,漫泪沾、香兰如笑⑰。书杳⑱。念客枕幽单,看看春老⑲。

注释

① 富家园中歌舞,词人独立墙外,感叹悲欢咫尺,形单影只。

② 客:旅居;寄居。

③ 按舞:按乐起舞。

④ 伫:久立。

⑤ 蜜沉烬暖萸烟袅:语出李贺《屏风曲》:"沉香火暖茱萸烟,酒觥绾带新承欢。"蜜沉,沉香的一种。烬,物体燃烧后剩下的东西,灰烬。萸(yú),茱萸。植物名。香气辛烈,可入药。古俗农历九月九日重阳节,佩茱萸能祛邪辟恶。

⑥ 层帘:犹重帘。一层层帘幕。
⑦ 行人:使者的通称。官道:公家修筑的道路;大路。
⑧ 麟带压愁香:语出温庭筠《舞衣曲》:"蝉衫麟带压愁香,偷得莺簧锁金缕。"麟带,系有麒麟形玉饰的衣带。愁,表现舞者的内心。香,此指香囊。盛香料的小囊。佩于身或悬于帐以为饰物。
⑨ 舞箫:伴舞的箫声。
⑩ 恨缕:繁复似丝缕的怨悔之情。情丝:喻指男女间相爱悦的感情。春絮:春天的柳絮。
⑪ "怅梦隔"二句:感叹听者和舞者彼此无法沟通。周邦彦《虞美人》:"凄风休飐半残灯。拟倩今宵归梦、到云屏。"银屏,镶银的屏风。
⑫ 峭:严峻。
⑬ "有东风"二句:形容细小的柳树。毛滂《虞美人》:"柳枝却学腰肢袅。好似江东小。"
⑭ 孤身如燕:典出《南史·孝义下》:"霸城王整之姊嫁为卫敬瑜妻,年十六而敬瑜亡,父母舅姑咸欲嫁之,誓而不许,乃截耳置盘中为誓乃止。……所住户有燕巢,常双飞来去,后忽孤飞。女感其偏栖,乃以缕系脚为志。后岁此燕果复更来,犹带前缕。女复为诗曰:'昔年无偶去,今春犹独归。故人恩既重,不忍复双飞。'"
⑮ 细雨湿黄昏:语出苏轼《再和杨公济梅花十绝》之四:"人去残英满酒樽,不堪细雨湿黄昏。"

⑯ 蠹(dù)：蛀虫。歌纨(wán)：歌扇。歌舞时用的扇子。纨，白色细绢。此指纨扇。
⑰ "漫泪沾"二句：语出李贺《李凭箜篌引》："昆山玉碎凤凰叫，芙蓉泣露香兰笑。"
⑱ 书杳(yǎo)：渺无音讯。
⑲ "客枕"二句：语出李贺《仁和里杂叙皇甫湜》诗："那知坚都相草草，客枕幽单看春老。"客枕幽单，伏知道《为王宽与妇义安主书》："单枕一宵，便如荡子。"客枕，指客中使用之枕。喻指旅途中过夜。幽单，犹孤独。看看，估量时间之词。有渐渐、眼看着、转瞬间等意思。春老，谓晚春。

辑评

卓人月、徐士俊《古今词统》卷十三："多情却被无情恼"，东坡隔墙看秋千句也，有此秀艳否？

先著、程洪《词洁辑评》卷二：用笔拗折，不使一犹人字，虽极碉嵌，复有灵气行乎其间。今之治词者，高手知师法姜、史，梦窗一种，未见有取涂涉津者，亦斯道中之《广陵散》也。首句从歌舞处写，次句便写人间箫鼓者。前半赋题已竟，后只叹惋发己意，恐忘却本意，再用"歌纨"二字略一点映，更不重犯手。宋人词布局染墨多是如此。

丑奴儿慢①

双清楼(钱塘门外)②

空蒙乍敛,波影帘花晴乱。正西子、梳妆楼上,镜舞青鸾③。润逼风襟④,满湖山色入阑干。天虚鸣籁⑤,云多易雨,长带秋寒。　　遥望翠凹⑥,隔江时见,越女低鬟。算堪羡、烟沙白鹭,暮往朝还。歌管重城⑦,醉花春梦半香残⑧。乘风邀月,持杯对影⑨,云海人间。

注释

① 该篇写登楼极目所见的湖光山色。
② 钱塘门:杭州西城门。
③ "空蒙"五句:意出宋苏轼《饮湖上初晴后雨》诗之一:"水光潋滟晴方好,山色空蒙雨亦奇。欲把西湖比西子,淡妆浓抹总相宜。"空蒙,缥缈貌。此指细雨。帘花,帘外之花。白居易《春尽劝客酒》诗:"林下春将尽,池边日半斜。樱桃落砌颗,夜合隔帘花。"梳妆楼,指妇女的居室。镜舞青鸾,典出《太平御览》卷九一六引南朝宋范泰《鸾鸟诗》序:"昔罽宾王结罝峻祁之山,获一鸾鸟,王甚爱之,欲其鸣而不致也。乃饰以金樊,飨以珍羞。对之逾戚,三年不鸣。夫人曰:'闻鸟见其类而后鸣,何不县镜以映之!'王从言。鸾睹影感契,慨焉悲鸣,

哀响中霄,一奋而绝。"

④ 逼:侵袭。风襟:外衣的下襟。亦指外衣。

⑤ 天虚鸣籁:意出《庄子·齐物论》:"女闻人籁而未闻地籁,女闻地籁而未闻天籁夫!"天籁,自然界的声响,如风声、鸟声、流水声等。

⑥ 凹:指山凹。

⑦ 歌管:谓唱歌奏乐。重城:古代城市在外城中又建内城,故称。泛指城市。又指宫城、都城。

⑧ 春梦:春天的梦。喻易逝的荣华和无常的世事。

⑨ "乘风"二句:意出李白《月下独酌》:"举杯邀明月,对饮成三人。"乘风,驾着风;凭借风力。

丑奴儿慢①

麓翁飞翼楼观雪②

东风未起,花上纤尘无影③。峭云湿④,凝酥深坞⑤,乍洗梅清。钓卷愁丝⑥,冷浮虹气海空明⑦。若耶门闭,扁舟去懒⑧,客思鸥轻⑨。　几度问春,倡红冶翠⑩,空媚阴晴⑪。看真色⑫、千岩一素,天澹无情。醒眼重开⑬,玉钩帘外晓峰青⑭。相扶轻醉,越王台上⑮,更最高层⑯。

注释

① 该词描写雪景及观雪时的情愫。
② 飞翼楼:在绍兴府治卧龙山西巅望海亭旧址上。
③ "东风"二句:语出何逊《和司马博士咏雪》诗:"若逐微风起,谁言非玉尘。"东风,指春风。
④ 峭:料峭。形容微寒。
⑤ 凝酥:凝冻的酥油。比喻积雪。坞:四边高中央低的地方。
⑥ 钓卷愁丝:钓丝愁卷。柳宗元《江雪》诗:"孤舟蓑笠翁,独钓寒江雪。"
⑦ 冷浮虹气:《小学绀珠》卷一:"小雪,虹藏不见,天气上腾,地气下降,闭塞成冬。"
⑧ "若耶"二句:典出南朝宋刘义庆《世说新语·任诞》:"王子猷居山阴,夜大雪……忽忆戴安道。时戴在剡,即便夜乘小船就之,经宿方至,造门不前而返。人问其故,王曰:'吾本乘兴而行,兴尽而返,何必见戴?'"门闭,典出《后汉书·袁安传》李贤注引晋周斐《汝南先贤传》:"时大雪积地丈余,洛阳令身出案行,见人家皆除雪出,有乞食者。至袁安门,无有行路。谓安已死,令人除雪入户,见安僵卧。问何以不出。安曰:'大雪人皆饿,不宜干人。'令以为贤,举为孝廉。"
⑨ 鸥轻:典出《列子·黄帝》:"海上之人有好沤鸟者,每旦之海上,从沤鸟游,沤鸟之至者百住而不止。其父曰:'吾闻沤鸟

皆从汝游,汝取来,吾玩之。'明日之海上,沤鸟舞而不下也。"

⑩ 倡红冶翠:语出李商隐《燕台诗四首》之一:"蜜房羽客类芳心,冶叶倡条遍相识。"指繁盛艳丽的花草。倡,盛。冶,艳丽。

⑪ 媚:艳丽。此作动词。

⑫ 真色:犹言本色。

⑬ 醒眼:清醒的眼光。

⑭ 玉钩:玉制的挂钩。喻新月。

⑮ 越王台:在今浙江绍兴种山,相传为春秋时越王勾践登临之处。南朝梁任昉《述异记》卷上:"吴既灭越,栖勾践于会稽之上,地方千里。勾践得范蠡之谋,乃示民以耕桑,延四方之士,作台于外而馆贤士。今会稽山有越王台。"

⑯ 更最高层:语出唐王之涣《登鹳鹊楼》诗:"欲穷千里目,更上一层楼。"

一寸金①

赠笔工刘衍②

秋入中山,臂隼牵卢纵长猎③。见骇毛飞雪,章台献颖④,朣腰束缟⑤,汤沐疏邑⑥。筳管刊琼牒⑦。

苍梧恨、帝娥暗泣⑧。陶郎老,憔悴玄香⑨,禁苑犹催夜俱入⑩。　　自叹江湖⑪,雕龙心尽⑫,相携蠹鱼箧⑬。念醉魂悠扬⑭,折钗锦字⑮,黦髻掀舞⑯,流觞春帖⑰。还倚荆溪楫⑱。金刀氏⑲、尚传旧业⑳。劳君为、脱帽篷窗㉑,寓情题水叶㉒。

注释

① 该篇化用《毛颖传》咏笔,兼表送别之意。

② 笔工:制笔工匠。刘衍:据词意刘氏当为江苏荆溪人,曾以制笔之技任职于宫廷文学侍从官署。

③ "秋入"二句:韩愈有寓言散文《毛颖传》,制笔的兽毛被人格化为"毛颖"。《毛颖传》:"毛颖者,中山人也。……秦始皇时蒙将军恬南伐楚,次中山,将大猎以惧楚,召左庶长与军尉,以《连山》筮之,得天与人文之兆。"中山,《苕溪渔隐丛话后集》卷十引《艺苑雌黄》:"《寰宇记》言溧水县中山,又名独山,在县东南十里,不与群山连接,古老相传中山有白兔,世称为笔最精。"臂隼(sǔn),以臂托隼。臂,此作动词。隼,鸟名。又名鹘。鹰类中最小者,飞速善袭。猎者多饲之,使助捕鸟兔。卢,猎犬。长猎,大规模的狩猎。

④ "见骇毛"二句:事见韩愈《毛颖传》:"遂猎围毛氏之族,拔其毫,载颖而归,献俘于章台宫,聚其族而加束缚焉。秦皇帝使恬赐之汤沐,而封诸管城,号管城子,日见亲宠任事。颖为人

强记而便敏,自结绳之代以及秦事,无不纂录。"毛,制笔的兽毛。飞雪,喻兽毛之白。章台,即章华台。战国时秦宫中台名。颖(yǐng):禾尾;带芒的谷穗。毛笔头上尖锐的锋毫。

⑤ 臞(qú)腰束缟:束扎兽毛以制笔头。宋玉《登徒子好色赋》:"腰如束素,齿如含贝。"

⑥ 汤沐疏邑:制笔时需将笔头浸入热水。汤沐邑,周代供诸侯朝见天子时住宿并沐浴斋戒的封地。汤沐,沐浴。汤,沸水;热水。疏,分赐。邑,封地,采邑。

⑦ 筤(láng)管:笔管。筤,幼竹。刊:刻。琼牒:犹玉牒。记载帝王谱系、历数及政令因革之书。至宋代,每十年一修。此指册封文书。

⑧ "苍梧"二句:语出《博物志·史补》:"尧之二女,舜之二妃,曰湘夫人。舜崩,二妃啼,以涕挥竹,竹尽斑。"苍梧,苍梧山,又名九嶷山。在湖南宁远县南。帝娥,指帝尧二女。古代传说舜死于苍梧,二妃娥皇、女英(帝尧之女)寻至南方,死于江湘之间,为湘水女神。

⑨ "陶郎"二句:韩愈《毛颖传》:"颖与绛人陈玄、弘农陶泓及会稽褚先生友善,相推致,其出处必偕。"按,毛颖指笔,陈玄指墨,陶泓指砚,褚先生指纸,皆为拟托人名。陶郎,陶泓。陶制之砚。砚中有蓄水处,故称。玄香,墨的别名。

⑩ 禁苑:指宫廷文学侍从官署。刘衍应隶属禁苑。

⑪ 江湖:指民间。又,旧时指隐士的居处。

⑫ 雕龙:雕镂龙纹。比喻善于修饰文辞或刻意雕琢文字。语出

《史记·孟子荀卿列传》:"驺衍之术迂大而闳辩,奭也文具难施;淳于髡久与处,时有得善言。故齐人颂曰:'谈天衍,雕龙奭,炙毂过髡。'"裴骃集解引刘向《别录》:"驺奭修衍之文,饰若雕镂龙文,故曰'雕龙'。"

⑬ 蠹鱼箧(qiè):语出唐白居易《伤唐衢》诗之二:"今日开箧看,蠹鱼损文字。"蠹鱼,虫名。即蟫。又称衣鱼。蛀蚀书籍衣服。体小,有银白色细鳞,尾分二歧,形稍如鱼,故名。借指书籍。箧,小箱子,藏物之具。大曰箱,小曰箧。

⑭ 醉魂悠扬:事见《书法正传·名法源流》:"晋穆帝永和九年三月三日,四十一人同游于山阴兰亭。逸少制序,酒酣兴乐,而书用鼠须笔、蚕茧纸,遒媚劲健,绝代更无。凡二十八行,三百二十四字,字有重者,皆构别体,就中'之'字最多,乃有二十许个,变转悉异,其时似有神助,醒后他日更书数十百本,皆不如。"醉魂,犹醉梦。

⑮ 折钗字,即折钗股。书法上对转折的笔划,要求笔毫平铺而笔锋圆劲,如钗股弯折仍体圆理顺,因以为喻。

⑯ 掀髯,笑时启口张须貌;激动貌。宋苏轼《次韵刘景文兄见寄》:"细看落墨皆松瘦,想见掀髯正鹤孤。"黠:坚。

⑰ 流觞:即流觞曲水。古代习俗,每逢夏历三月上旬的巳日(三国魏以后定为夏历三月初三日),人们于水边相聚宴饮,认为可祓除不祥。后人仿行,于环曲的水流旁宴集,在水的上流放置酒杯,任其顺流而下,杯停在谁的面前,谁就取饮,称为"流觞曲水"。春帖:可有二解。1.又称春帖子、春端帖、春端

143

帖子。宋制,翰林一年八节要撰作帖子词。或歌颂升平,或寓意规谏,贴于禁中门帐。于立春日撰作的帖子词,称"春帖子"。多为五、七言绝句。其体工丽。2.指禊帖,又称《兰亭帖》《兰亭集序帖》。著名的行书法帖。东晋王羲之书。穆帝永和九年,三月上巳,羲之和谢安、孙绰等修禊于山阴(今浙江绍兴)兰亭,临流赋诗,羲之草序,用蚕茧纸、鼠须笔书之。书法遒媚劲健,绝代更无,为隋唐诸家师法。

⑱ 还倚荆溪楫:意谓回到故乡荆溪去荡舟。笔工刘衍返乡,吴文英作此词以相赠。倚楫,拄着船桨。指放舟。荆溪,在江苏宜兴县南,以近荆南山得名。

⑲ 金刀:"刘"字为卯、金、刀合成,故用以代指刘姓。

⑳ 旧业:先人的事业。

㉑ 脱帽:取下笔套。篷窗:犹船窗。

㉒ 题水叶:即题红叶。用"红叶题诗"之典。唐代红叶题诗、结成良缘的故事较多,情节略同而人事各异。如宣宗时,舍人卢渥偶临御沟,得一红叶,上题绝句云:"流水何太急,深宫尽日闲,殷勤谢红叶,好去到人间。"归藏于箱。后来宫中放出宫女择配,不意归卢者竟是题叶之人。

辑评

郑文焯《手批〈梦窗词〉》:(刘)衍为宋笔工之擅场者。唐时有茹笔工,天随子有《哀文》,与此同为文人游艺之作。

宴清都①

寿荣王夫人②

万壑蓬莱路③。非烟霁④,五云城阙深处⑤。璇源媲凤⑥,瑶池种玉⑦,炼颜金姥⑧。长虹梦入仙怀⑨,便洗日⑩、铜华翠渚⑪。向瑞世⑫、独占长春⑬,蟠桃正饱风露⑭。　　殷勤汉殿传卮⑮,隔江云起,暗飞青羽⑯。南山寿石⑰,东周宝鼎⑱,千秋巩固。何时地拂龙衣⑲,待迎入、玉京阆圃⑳。看珠帘㉑、剩拥湖船㉒,三千彩御㉓。

注释

① 该篇为皇帝生母祝寿所作,丽而不俗,读来有飘飘欲仙之感。
② 荣王夫人:此指荣王赵希瓐夫人全氏,嗣荣王赵与芮理宗生母。
③ 蓬莱:蓬莱山。古代传说中的神山名。亦常泛指仙境。《史记·封禅书》:"自威、宣、燕昭使人入海求蓬莱、方丈、瀛洲,此三神山者,其传在勃海中。"此指荣王夫人府邸。
④ 非烟:语出《史记·天官书》:"若烟非烟,若云非云,郁郁纷纷,萧索轮囷,是谓卿云。卿云,喜气也。"后因以"非烟"指庆云,五色祥云。

⑤ 五云：五色瑞云，多作吉祥的征兆。又指皇帝所在地。

⑥ 璇（xuán）源媲（pì）凤：就全氏作为荣王赵希瓐妻子身份而言。璇源，亦作"琁源"。产珠的水流。指皇族。璇，美玉。媲，匹配。

⑦ 瑶池种玉：就全氏作为嗣荣王赵与芮理宗生母身份而言。种玉，典出晋干宝《搜神记》卷十一："公汲水作义浆于阪头，行者皆饮之。三年，有一人就饮，以一斗石子与之，使至高平好地有石处种之，云：'玉当生其中。'杨公未娶，又语云：'汝后当得好妇。'语毕不见。乃种其石。数岁，时时往视，见玉子生石上，人莫知也。有徐氏者，右北平著姓，女甚有行，时人求，多不许。公乃试求徐氏。徐氏笑以为狂，因戏云：'得白璧一双来，当听为婚。'公至所种玉田中，得白璧五双，以聘。徐氏大惊，遂以女妻公。"后因以"种玉"比喻缔结良姻。

⑧ 炼颜：语出李卫公《步虚引》："河汉玉女能炼颜，云骈往往在人间。"又，宋曾慥《类说》卷三十七："口为玉池太和宫，漱咽灵液灾不干，体生光华气香兰，却减百邪玉炼颜。"金姥：《太平御览》卷四十六引《吴地记》："粟山一名新石头山，上有城，下有飞泉、石杵，有吴先王刻题处，石杵西有金姥山，故老言古于此山采金。"

⑨ 长虹梦入：典出《宋书·符瑞志上》："帝挚少昊氏，母曰女节，见星如虹，下流华渚，既而梦接意感，生少昊。登帝位，有凤凰之瑞。帝颛顼高阳氏，母曰女枢，见瑶光之星，贯月如虹，感己于幽房之宫，生颛顼于若水。首戴干戈，有圣德。"

⑩ 洗日:语出《楚辞·离骚》:"饮余马于咸池兮,揔余辔乎扶桑。"王逸注:"咸池,日浴处也。"《宋史·理宗本纪》:"母全氏,以开禧元年正月癸亥生于邑中虹桥里第。前一夕,荣王梦一紫衣金帽人来谒,比寤,夜漏未尽十刻,室中五采烂然,赤光属天,如日正中。既诞三日,家人闻户外车马声,亟出,无所睹。幼尝昼寝,人忽见身隐隐如龙鳞。"

⑪ 铜华:亦作"铜花"。铜锈;铜绿。翠渚:即华渚。古代传说中的地名。《宋书·符瑞志上》:"帝挚少昊氏,母曰女节,见星如虹,下流华渚,既而梦接意感,生少昊。登帝位,有凤皇之瑞。"

⑫ 瑞世:犹盛世。

⑬ 独占长春:语出《石渠宝笈》卷三二:"宋杨婕妤《百花图》一卷……诗云:'玉容不老春长在,岁岁花前醉寿卮。'……又诗云:'丹砂经九转,芳蕊占长春。'"

⑭ 蟠桃:神话中的仙桃。据《论衡·订鬼》引《山海经》:"沧海之中,有度朔之山,上有大桃木,其蟠屈三千里。"又据《太平广记》卷三引《汉武内传》载:七月七日,西王母降,以仙桃四颗与帝。帝食辄收其核,王母问帝,帝曰:"欲种之。"王母曰:"此桃三千年一生实,中夏地薄,种之不生。"帝乃止。

⑮ 汉殿:汉朝宫殿。亦借指其他王朝的宫殿。传卮(zhī):传杯。谓宴饮中传递酒杯劝酒。唐杜甫《九日》诗之二:"旧日重阳日,传杯不放杯。"仇兆鳌注引明王嗣奭《杜臆》:"'传杯不放杯',见古人只用一杯,诸客传饮。"卮,古代盛酒器。《汉书·高帝纪上》:"上奉玉卮为太上皇寿。"颜师古注:"卮,饮酒圆器也。"

147

⑯ "隔江"二句:事见《类说》卷二一引旧题汉班固《汉武故事》:"七月七日,承华殿齐有青鸟从西来。东方朔曰:'西王母降以化陛下。'……有顷,王母至,乘紫云车,玉女驭母,戴七胜青气如云。"青羽:即青鸟。神话传说中为西王母取食传信的神鸟。《山海经·西山经》:"又西二百二十里,曰三危之山,三青鸟居之。"郭璞注:"三青鸟主为西王母取食者,别自栖息于此山也。"《艺文类聚》卷九一引旧题汉班固《汉武故事》:"七月七日,上(汉武帝)于承华殿斋,正中,忽有一青鸟从西方来,集殿前。上问东方朔,朔曰:'此西王母欲来也。'有顷,王母至,有两青鸟如乌,侠侍王母旁。"后遂以"青鸟"为信使的代称。

⑰ 南山寿石:典出《诗·小雅·天保》:"如南山之寿,不骞不崩。"孔颖达疏:"天定其基业长久,且又坚固,如南山之寿。"后用为人祝寿之词。

⑱ 东周宝鼎:以周之东迁比喻宋指南渡。东周,朝代名。从公元前770年周平王把国都从镐京东迁至洛邑起,至公元前256年被秦所灭为止。其间战国时代,作为中央政权的东周王朝,已名存实亡。宝鼎,古代的鼎。原为炊器,后以为政权的象征,故称宝鼎。

⑲ 地拂龙衣:指天子行礼。宋释文莹《玉壶野史》卷三:"杜审琦,昭宪皇太后之兄也,建宁州节。一旦请觐,审琦视太祖、太宗皆甥也。一日,陈内宴于福宁宫,宪后临之,祖、宗以渭阳之重,终侍宴焉。及为寿之际,二帝皆捧觞列拜。乐人史金著者粗能属

文,致词于帘陛之外,其略曰:'前殿展君臣之礼,虎节朝天;后宫伸骨肉之情,龙衣拂地。'"龙衣,天子的袍服。

⑳ 玉京阆圃(làng pǔ):此指京城杭州的皇宫。玉京,道家称天帝所居之处。晋葛洪《枕中书》引《真记》:"元都玉京,七宝山,周回九万里,在大罗之上。"指帝都。阆圃,即阆苑。阆风之苑,传说中仙人的住处。阆风,即阆风巅。山名。传说中神仙居住的地方,在昆仑之巅。《海内十洲记·昆仑》:"山三角:其一角正北,干辰之辉,名曰阆风巅;其一角正西,名曰玄圃堂;其一角正东,名曰昆仑宫。"

㉑ "看珠帘"三句:事见明徐应秋《玉芝堂谈荟》卷三:"上(炀帝)御龙舟,萧后凤舸锦帆彩缆,穷极侈靡。舟架舞台,台上垂蔽曰珠帘。帘即蒲泽国所贡,以负山蚊睫纫莲根丝贯小珠编成。虽晓日激射,而光不能透。每舟择妙丽女子千人,执雕板镂金楫,号'殿脚女'。""珠帘"二字原空缺,现据意补。

㉒ 剩:多;盛。拥:遮蔽。

㉓ 御:宫中女官。

宴清都[①]

饯嗣荣王仲亨还京[②]

翠羽飞梁苑[③]。连催发,暮檐留话江燕[④]。尘街

149

堕珥⑤,瑶扉乍钥⑥,彩绳双胃⑦。新烟暗叶成阴⑧,效䌽妩⑨、西陵送远⑩。又趁得⑪、蕊露天香⑫,春留建章花晚⑬。　　归来笑折仙桃⑭,琼楼宴萼⑮,金漏催箭⑯。兰亭秀语⑰,乌丝润墨⑱,汉宫传玩⑲。红欹醉玉天上⑳,倩凤尾㉑、时题画扇㉒。问几时、重驾巫云㉓,蓬莱路浅㉔。

注释

① 此篇系送嗣荣王赵仲亨往临安所作,因为特定的人物关系,作品有官家气,写得热闹非常。

② 嗣荣王仲亨:朱祖谋《梦窗词集小笺》:"仲亨,当是与芮之字。"还京:自绍兴荣王府到临安荣王府。

③ 翠羽:指青鸟。神话传说中为西王母取食传信的神鸟。此指天子的使者。梁苑:西汉梁孝王所建的东苑。故址在今河南省开封市东南。园林规模宏大,方三百余里,宫室相连属,供游赏驰猎。梁孝王在其中广纳宾客,当时名士司马相如、枚乘、邹阳等均为座上客。也称兔园、睢苑。此指嗣荣王的府邸宅院。

④ 暮樯(qiáng)留话江燕:暮色中,桅杆上的燕子在啼鸣。杜甫《发潭州》诗:"岸花飞送客,樯燕语留人。"樯,船桅杆。燕话,犹燕语。指燕子鸣叫。

⑤ 尘:作动词。堕珥(ěr):坠落耳饰。《史记·滑稽列传》:"若乃

州闾之会,男女杂坐,行酒稽留,六博投壶,相引为曹,握手无罚,目眙不禁,前有堕珥,后有遗簪,髡窃乐此,饮可八斗而醉二参。"珥,珠玉做的耳饰。也叫瑱、珰。

⑥ 瑶扉:玉饰的门。乍:暂。暂时;短暂。钥(yuè):门下上贯横闩、下插入地的直木或直铁棍。引申为关,锁闭。

⑦ 罥(juàn):捕取鸟兽的网。这里指缠绕。

⑧ 新烟:指寒食节后重新举火所生之烟。唐宋习俗,清明前一日禁火寒食,到清明节再起火赐百官,称为"新火"或"新烟"。叶:此指柳叶。

⑨ 效颦妩(wǔ):语出冯取拾《西江月》:"烟柳效颦翠敛,露桃献笑红妩。"颦妩,形容皱眉娇美的样子。此指尚未完全舒展的柳叶。

⑩ 西陵:今浙江省萧山市西兴镇的古称。唐李白《送友人寻越中山水》诗:"东海横秦望,西陵绕越台。"

⑪ 趁得:犹言赶得上。

⑫ 天香:芳香的美称。特指桂、梅、牡丹等花香。

⑬ 建章:宫殿名。南朝宋时以京城建康(今江苏省南京市)北邸为建章宫。

⑭ 仙桃:称禁苑中的桃。

⑮ 琼楼:形容华美的建筑物,诗文中有时指仙宫中的楼台。萼:花萼楼。唐玄宗于兴庆宫西南建花萼相辉之楼,简称花萼楼。《旧唐书·让皇帝宪传》:"玄宗于兴庆宫西南置楼,西面题曰花萼相辉之楼……玄宗时登楼,闻诸王音乐之声,咸召登楼,

同榻宴谑,或便幸其第,赐金分帛,厚其欢赏。"又,《诗·小雅·常棣》:"常棣之华,鄂不韡韡。凡今之人,莫如兄弟。"华,萼和花同生一枝,且有保护花瓣的作用,故后常以"花萼"比喻兄弟或兄弟间和睦友爱的情谊。

⑯ 漏:漏壶。古代利用滴水多寡来计量时间的一种仪器。也称"漏刻"。漏壶中插入一根标竿,称为箭。箭下用一只箭舟托着,浮在水面上。水流出或流入壶中时,箭下沉或上升,借以指示时刻。前者叫沉箭漏,后者叫浮箭漏。统称箭漏。箭:古代置定时器漏壶下用以指示时刻之物。

⑰ "兰亭"三句:王安石《游土山示蔡天启秘校》诗:"好事所传玩,空残法书帖。"兰亭,指《兰亭帖》。秀语,秀美的语句。

⑱ 乌丝:乌丝阑。指上下以乌丝织成栏,其间用朱墨界行的绢素。后亦指有墨线格子的笺纸。

⑲ 汉宫:汉朝宫殿。亦借指其他王朝的宫殿。传玩:传递观赏。据说唐太宗李世民酷爱二王书法,从王羲之七世孙僧智永的弟子辩才处得其真迹,分拓数本,以赐皇子近臣。

⑳ 红欹(qī)醉玉:形容醉后与美女相互依靠。红欹,唐罗隐《桃花》诗:"数枝艳拂文君酒,半里红欹宋玉墙。"欹,歪斜;倾斜。醉玉,醉玉颓山的省称。南朝宋刘义庆《世说新语·容止》:"嵇叔夜之为人也,岩岩若孤松之独立;其醉也,傀俄若玉山之将崩。"

㉑ 倩(qìng):请;恳求。凤尾:即凤尾诺。古代帝王批示笺奏,表示认可,则署"诺"字,字尾形如凤尾,因以得名。

㉒ 画扇:指有画饰的扇子。
㉓ 巫云:语出战国宋玉《高唐赋》序:"昔者先王尝游高唐,怠而昼寝。梦见一妇人,曰:'妾巫山之女也,为高唐之客。闻君游高唐,愿荐枕席。'王因幸之。去而辞曰:'妾在巫山之阳,高丘之阻,旦为朝云,暮为行雨,朝朝暮暮,阳台之下。'旦朝视之,如言,故为之立庙,号曰朝云。"
㉔ 蓬莱路浅:晋葛洪《神仙传》:"麻姑自云:'接侍以来,已见东海三为桑田。向到蓬莱,水又浅于往者会时略半也,岂将复还为陵陆乎?'"蓬莱,蓬莱山。古代传说中的神山名。亦常泛指仙境。

宴清都①

送马林屋赴南宫,分韵得动字②

柳色春阴重。东风力,快将云雁高送③。书檠细雨④,吟窗乱雪⑤,井寒笔冻⑥。家林秀橘霜老⑦,笑分得、蟾边桂种⑧。应茂苑⑨、斗转苍龙⑩,唯潮献奇吴凤⑪。　玉眉暗隐华年⑫,凌云气压⑬,千载云梦⑭。名笺澹墨⑮,恩袍翠草⑯,紫骝青鞚⑰。飞香杏园新句⑱,眩醉眼、春游乍纵⑲。弄喜音、鹊绕庭花⑳,红帘影动。

注释

① 该词表达送友人朝考试之际的赞许和期冀。
② 马林屋:吴地人。林屋,山名。道教十大洞天之一。在江苏吴县洞庭西山(古称包山)。周围四百里,号称"元神幽虚之洞天"。南朝梁任昉《述异记》卷上:"洞庭山有宫五门,东通林屋,西达峨眉,南接罗浮,北连岱岳。"南宫:尚书省的别称。谓尚书省像列宿之南宫(南方星宿的宫,指朱鸟星座),故称。《后汉书·郑弘传》:"建初,为尚书令……弘前后所陈有补益王政者,皆著之南宫,以为故事。"南朝梁丘仲孚著《南宫故事》百卷,亦以南宫称尚书省。唐及以后,尚书省六部统称南宫。又因进士考试多在礼部举行,故又专指六部中的礼部为南宫。
③ 云雁:高空的飞雁。
④ 书檠(qíng):书灯。檠,烛台;灯台。
⑤ 吟窗:诗人居室的窗户。
⑥ 笔冻:语出宋范成大《南塘冬夜倡和》:"寒釭欲暗吟方苦,冻笔难驱字更遒。"
⑦ 家林:自家的园林。泛指家乡。秀橘霜老:橘子经霜后成熟。
⑧ 蟾边桂种:典出《晋书·郤诜传》:"(诜)累迁雍州刺史。武帝于东堂会送,问诜曰:'卿自以为何如?'诜对曰:'臣举贤良对策,为天下第一,犹桂林之一枝。昆山之片玉。'"原为自谦之

宴清都（柳色春阴重）

词,谓己只是群才之一。后用以喻科举考试中出类拔萃的人。相传蟾宫中有桂树,唐以来牵合两事,遂以"蟾宫折桂"谓科举应试及第。蟾,传说月中有蟾蜍,因借指月亮、月光。
⑨ 茂苑:花木茂美的苑囿。又,古苑名。又名长洲苑。故址在今江苏省吴县西南。后也作苏州的代称。
⑩ 斗转:北斗转向。苍龙:古代二十八宿中东方七宿的总称。
⑪ 唯潮:唯亭之潮。宋郭彖《睽车志》卷一:"平江里俗旧传谶记云'潮过唯亭出状元',又云'西山石移状元南归'。淳熙庚子三月二十二日,吴县穹隆山大石自麓移立山半,石所经草木皆压藉,宛然行迹可验。其秋八月十八日夜,海潮大至,过唯亭,环城而西。穹隆在城西,唯亭距城东北四十五里。明年省试,平江岁贡者尽下,唯黄由以国学解中选,未廷试皆传黄由魁天下,已而唱名果然。由字子由,平江人。而用国学发荐,南归之验也。"唯亭,地名。商末(约前11世纪),周太王长子泰伯、次子仲雍为避继王位,从陕西岐山下的周原南奔"荆蛮"(今长江中下游地区),在太湖畔梅里(今无锡县梅村)与土著居民结合,建立"勾吴",唯亭在其境内。昊凤,吴地之俊杰。
⑫ 玉眉:白眉。《三国志·蜀志·马良传》:"马良,字季常,襄阳宜城人也。兄弟五人,并有才名,乡里为之谚曰:'马氏五常,白眉最良。'良眉中有白毛,故以称之。"后因以喻兄弟或侪辈中的杰出者。此以马良典切马林屋。华年:青春年华,指青年时代。

⑬ 凌云:直上云霄。

⑭ 云梦:古薮泽名。汉魏之前所指云梦范围并不很大,晋以后的经学家才将云梦泽的范围越说越广,把洞庭湖都包括在内。《周礼·夏官·职方氏》:"正南曰荆州,其山镇曰衡山,其泽薮曰云瞢。"郑玄注:"衡山在湘南,云瞢在华容。"

⑮ 名笺(jiān)澹墨:会试张榜时用的纸墨。五代王定保《唐摭言·杂文》:"贞观初发榜日,上私幸端门……进士榜头,竖黏黄纸四张,以毡笔淡墨衮转书曰'礼部贡院'四字,或曰文皇顷以飞帛书之。"笺,用于书写的精美纸张。澹墨,科举时代,礼部录取进士,以淡墨书榜,称"淡墨榜"。宋张洎《贾氏谭录》:"李纾侍郎将放举人,命笔吏勒纸书,未及填右语'贡院'字,吏得疾暴卒。礼部令史王昶者亦善书,李侍郎召令终其事。适值王昶被酒已醉,昏夜之中半酣,染笔不能加墨,迨明悬榜,方始觉悟,则修改无及矣。然一榜之内,字有二体,浓淡相间,反致其妍。自后榜因模法之,遂成故事。"

⑯ 恩袍翠草:指绿袍,指新科进士的袍服。

⑰ 紫骝(liú):古骏马名。骝,红身黑鬃尾的马。泛指骏马。鞚(kòng):马笼头。《太平御览》卷三五八引晋傅玄《良马赋》:"纵衔则往,揽鞚则止。"借指马。

⑱ 飞香:唐时称进士及第后杏园初宴时遣"探花使"采折名花,"探花使"常以同榜中最年少的进士二人为之。北宋因之。杏园:园名。故址在今陕西省西安市郊大雁塔南。唐代新科进士赐宴之地。泛指新科进士游宴处。新句:诗文中清新优

美的语句。
⑲ 纵:放纵。
⑳ "弄喜音"二句:宋彭乘《墨客挥犀》卷二:"北人喜鸦声而恶鹊声,南人喜鹊声而恶鸦声。鸦声吉凶不常,鹊声吉多而凶少。故俗呼喜鹊,古所谓乾鹊是也。"

瑞龙吟①

德清清明竞渡②

大溪面③。遥望绣羽冲烟④,锦梭飞练⑤。桃花三十六陂⑥,鲛宫睡起⑦,娇雷乍转⑧。　去如箭。催趁戏旗游鼓⑨,素澜雪溅。东风冷湿蛟腥,澹阴送昼,轻霏弄晚。　洲上青苹生处⑩,鬭春不管⑪,怀沙人远⑫。残日半开,一川花影零乱。山屏醉缬⑬,连棹东西岸。阑干倒⑭、千红妆靥⑮,铅香不断⑯。傍暝疏帘卷⑰。翠涟皱净⑱,笙歌未散。簪柳门归懒⑲。犹自有、玉龙黄昏吹怨⑳。重云暗阁㉑,春霖一片㉒。

158

注释

① 该篇主要描绘划船比赛的热闹场景。

② 德清:县名。县境周初隶吴,春秋属越,越灭属楚。秦汉两代,为乌程、余杭县南疆北境。三国入东吴版图,吴黄武元年(222),武康立县,初名永安。竞渡:划船比赛。相传战国楚屈原于农历五月五日投汨罗江以死,民俗因于是日举行龙舟竞渡,以示纪念。一说竞渡之戏始于越王勾践,为纪念伍子胥。其他传说尚多。

③ 大溪:苕溪、霅溪二水的泛称,此指德清的余不溪流域。

④ 绣羽:指鸟类美丽的羽毛,引申指色彩斑斓的鸟。此指水鸟惊飞。宋胡宿《赋江皋》:"画船人竞渡,绣羽雉交飞。"

⑤ 锦梭飞练:形容竞渡的龙舟像梭子在宛若白练的水中穿行。

⑥ 三十六陂(bēi):地名。在今江苏省扬州市。诗文中常用来指湖泊多。宋王安石《题西太一宫壁》诗之一:"三十六陂流水,白头想见江南。"陂,池塘湖泊。

⑦ 鲛宫:即鲛室。谓鲛人水中居室。鲛人,神话传说中的人鱼。

⑧ 娇雷:典出晋陶潜《搜神后记》卷五:"永和中,义兴人姓周,出都,乘马,从二人行。未至村,日暮。道边有一新草小屋,一女子出门,年可十六七,姿容端正,衣服鲜洁。望见周过,谓曰:'日已向暮,前村尚远,临贺讵得至?'周便求寄宿。此女为燃火作食。向一更中,闻外有小儿唤阿香声,女应诺。寻云:'官唤汝推雷车。'女乃辞行,云:'今有事当去。'夜遂大雷雨。"阿香,神话传说中的推雷车的女神。按:雷神为少女,故

此云"娇雷"。乍:突然;忽然。转:滚动。此指雷车车轮的运转。传说雷神推动雷车以产生打雷现象。

⑨ 趁:追逐。戏旗游鼓:(竞渡)游戏的旗鼓。

⑩ 青蘋:语出战国楚宋玉《风赋》:"夫风生于地,起于青蘋之末。"蘋,植物名。也称四叶菜、田字草,多年生草本,生浅水中。

⑪ 鬭春:犹斗草,又称斗百草。一种古代游戏。竞采花草,比赛多寡优劣,常于端午行之。

⑫ 怀沙人:指屈原。怀沙,《楚辞·九章》中的篇名。《史记·屈原贾生列传》谓此篇为屈原自投汨罗江前的绝笔,述其怀沙砾以自沉之由。

⑬ 山屏:形如屏风的山崖。醉缬(xié):一种彩色缯帛的名称。唐李贺《恼公》诗:"醉缬抛红网,单罗挂绿蒙。"王琦汇解:"醉缬即醉眼缬,单罗即单丝罗,皆当时彩色缯帛之名。"此处当指晚霞。缬,染有彩文的丝织品。用以比喻色彩斑斓之物。

⑭ 阑干:纵横散乱貌;交错杂乱貌。

⑮ 千红妆靥:指众多的观渡游女。

⑯ 铅:指铅粉。

⑰ 傍暝:傍晚。

⑱ 皱:指水面的波纹。南唐冯延巳《谒金门》:"风乍起,吹皱一池春水。"

⑲ 簪柳:即插柳。古代寒食节、端午节的一种风俗。可能源于古代鲜卑族秋祭时驰马绕柳枝三周的仪式。辽金时祈雨有

射柳之俗。射柳活动前,插柳场上,并予以祭祝。《金史·礼志八》:"射柳、击球之戏,亦辽俗也,金因之。凡重五日拜天礼服,插柳球场,为两行,当射者以尊卑序,各以帕识,其枝去地约数寸,削其皮而白之,先以一人驰马前导,后驰马,以无羽横镞箭射之。既断柳,又以接而驰去者为上;断而不能接去者次之;或中其青处,及中而不能断,与不能中者为负。每射必伐鼓以助其气。"柳门:犹"柳门竹巷"。谓幽静俭朴的住宅。

⑳ 玉龙黄昏吹怨:王之涣《凉州词二首》之一:"羌笛何须怨杨柳,春风不度玉门关。"玉龙,喻笛。

㉑ 重云:重叠的云层。阁:含着,不使流下。

㉒ 霖:甘雨,时雨。

瑞龙吟①

送梅津②

黯分袖③。肠断去水流萍④,住船系柳⑤。吴宫娇月娆花⑥,醉题恨倚,蛮江豆蔻⑦。　吐春绣⑧。笔底丽情多少⑨,眼波眉岫⑩。新园锁却愁阴⑪,露黄漫委⑫,寒香半亩⑬。　还背垂虹秋去⑭,四桥

161

烟雨⑮，一宵歌酒。犹忆翠微携壶⑯，乌帽风骤⑰。西湖到日，重见梅钿皱⑱。谁家听、琵琶未了⑲，朝骢嘶漏⑳。印剖黄金籀㉑。待来共凭，齐云话旧㉒。莫唱朱樱口㉓。生怕遣㉔、楼前行云知后㉕。唉鸿怨角㉖，空教人瘦。

注释

① 该词主要写送别宴席上的风月光景,以及想象友人回家后的风流韵事。

② 梅津:尹焕,字惟晓。山阴(今浙江绍兴)人。生卒年不详,约宋理宗绍定中前后在世。嘉定十年(1217)进士。自畿漕除右司郎官。淳祐八年(1248),朝奉大夫太府少卿兼尚书左司郎中兼敕令所删定官。有《梅津集》。曾与吴文英唱和。未第时,游苕溪恋一妓女。十年再往,则已为人所据,且已生子,而犹挂名籍中。于是假郡将命召之,久而始来,颜色瘁敝,相对若不胜情。焕作《唐多令》赠之,为时盛传。

③ 黯分袖:《文选·江淹〈别赋〉》:"黯然销魂,惟别而已矣。"黯,心神沮丧貌。分袖,分别。

④ 去水流萍:萍随水漂泊,聚散无定。比喻人的偶然相遇。唐王勃《秋日登洪府滕王阁饯别序》:"萍水相逢,尽是他乡之客。"

⑤ 系柳:常指饮酒作乐。王维《少年行四首》之一:"相逢意气为君饮,系马高楼垂柳边。"

⑥ 吴宫:指春秋吴王的宫殿。点明地点在苏州。娆(ráo):妍媚。
⑦ 蛮江豆蔻:喻南方幼妓。蛮江,指四川青衣江。因自塞外流入乐山境与岷江会合,故称。亦泛指南方少数民族聚居地带的江水。豆蔻,又名草果。多年生草本植物。高丈许,秋季结实。种子可入药,产岭南。南方人取其尚未大开的,称为含胎花,以其形如怀孕之身。诗文中常用以比喻少女。
⑧ 绣:指花。
⑨ 丽情:绮丽的情思。
⑩ 眼波:形容流动如水波的目光。多用于女子。眉岫:眉山。《西京杂记》卷二:"文君姣好,眉色如望远山。"后因以"眉山"形容女子秀丽的双眉。
⑪ 愁阴:犹阴霾。却:遮挡。
⑫ 露黄:带露的枯叶。黄,指枯萎的枝叶。漫:副词。全。
⑬ 寒香:清冽的香气。亦借指梅花。
⑭ 垂虹:指苏州吴江垂虹桥上的垂虹亭。
⑮ 四桥:即第四桥,又名甘泉桥。
⑯ 翠微:指青翠掩映的山腰幽深处。泛指青山。携壶:携带酒壶。
⑰ 乌帽风骤:典出《晋书·孟嘉传》:"(嘉)后为征西桓温参军,温甚重之。九月九日,温燕龙山,寮佐毕集。时佐吏并着戎服,有风至,吹嘉帽堕落,嘉不之觉。温使左右勿言,欲观其举止。嘉良久如厕,温令取还之,命孙盛作文嘲嘉,着嘉坐处。嘉还见,即答之,其文甚美,四坐嗟叹。"乌帽,乌纱帽。帽名。东晋成帝时宫官着乌帢。南朝宋始有乌纱帽,直至隋

163

代均为官服。唐初曾贵贱均用,以后各代仍多为官服。

⑱ 梅钿(diàn)皱:梅蕾紧蹙。形容梅花含苞待放的样子。梅钿,指梅花。钿,用金、银、玉、贝等制成的花朵状的首饰。此指花。

⑲ 琵琶未了:事见《苕溪渔隐丛话前集》卷五九:"《夷坚志》云:孙洙,字巨源,元丰间为翰苑,名重一时。李端愿太尉,世戚里,折节交搢绅间,而孙往来尤数。会一日锁院(宋代翰林院处理如起草诏书等重大事机时,锁闭院门,断绝往来,以防泄密),宣召者至其家则已出,数十辈踪迹之,得于李氏。时李新纳妾,能琵琶,孙饮不肯去,而迫于宣命,李不敢留,遂入院。已二鼓矣,草三制罢,复作长短句寄恨恨之意,迟明遣示李。其词曰:'楼头尚有三通鼓,何须抵死催人去。上马苦匆匆,琵琶曲未终。回头凝望处,那更廉纤雨。漫道玉为堂,玉堂今夜长。'"

⑳ 朝骢嘶漏:百官清晨入朝,等待朝拜天子,谓之"待漏"。漏,古代定时器。《东观汉记·樊梵传》:"自当盲事,常晨驻马待漏。"百官晨集准备朝拜之所称"待漏院"。唐李肇《唐国史补》卷中:"旧百官早朝,必立马于望仙建福门外,宰相丁光宅车坊,以避风雨。元和初,始制待漏院。"骢(cōng),青白色相杂的马。

㉑ 印剖黄金籀(zhòu):晋干宝《搜神记》卷九:"常山张颢,为梁州牧。天新雨后,有鸟如山鹊,飞翔入市,忽然坠地,人争取之,化为圆石。颢椎破之,得一金印,文曰'忠孝侯印'。颢以上闻,藏之秘府。后议郎汝南樊衡夷上言:'尧舜时旧有此

官,今天降印,宜可复置。'颢后官至太尉。"黄金籀,黄金印。黄金制作的印章。古时公侯将相所佩。籀,汉字的一种字体,一名大篆,乃古代刻章所用的字体。故又指代印章。

㉒ 齐云:齐云楼。齐云,言其高与云齐。旧在江苏苏州子城上,唐曹恭王所建。

㉓ "莫唱"五句:意谓不要让妻子知道自己的风流韵事,免得听其抱怨而徒增烦恼。樱口,语出唐孟棨《本事诗·事感》:"白尚书姬人樊素善歌,妓人小蛮善舞。尝为诗曰:'樱桃樊素口,杨柳小蛮腰。'"

㉔ 遣:使,让。

㉕ 行云:见前注。

㉖ 唳(lì)鸿:鸣啼的大雁。唳,鹤鸣。泛指鸟鸣。角:画角。古代军中吹角以为昏明之节。

瑞龙吟①

赋蓬莱阁②

堕虹际。层观翠冷玲珑③,五云飞起④。玉虬萦结城根⑤,澹烟半野,斜阳半市。　　瞰危睇⑥。门巷去来车马,梦游官蚁⑦。秦鬟古色凝愁,镜中暗换⑧,明眸皓齿⑨。　东海青桑生处,劲风吹浅,瀛洲清沚⑩。山影泛出琼壶⑪,碧树人世⑫。枪芽焙绿⑬,曾试云根味⑭。岩流溅、涎香惯搅⑮,娇龙春睡⑯。露草啼清泪。酒香断到⑰,文丘废隧⑱。今古秋声里⑲。情漫黯⑳、寒鸦孤村流水㉑。半空画角㉒,落梅花地㉓。

注释

① 该词写登临所见景色,抒发历史沧桑感。
② 蓬莱阁:在会稽卧龙山。因越大夫文种葬于此,又名种山、重山等。唐宋时绍兴府治所皆依卧龙山东南而建。词中涉及治所周围的著名建筑有蓬莱阁、望海亭、晚对亭、云根、清白堂、越王台等。
③ 层观:高耸的楼观。玲珑:精巧貌。
④ 五云:五色瑞云。多作吉祥的征兆。
⑤ 玉虬萦结城根:意指郡城在卧龙山上。玉虬,传说中的虬龙。城根,犹城脚。
⑥ 瞰(kàn):看;俯视。危睇:俯视而感到惊恐。
⑦ 梦游宫蚁:唐李公佐《南柯太守传》载,淳于棼饮酒古槐树下,醉后入梦,见一城楼题大槐安国。槐安国王招其为驸马,任南柯太守二十年,享尽富贵荣华。醒后见槐下有一大蚁穴,南枝又有一小穴,即梦中的槐安国和南柯郡。

⑧ "秦鬟"二句:秦鬟妆镜。比喻山明水秀、风光佳丽的地方。秦鬟,指浙江秦望山。妆镜,指绍兴鉴湖。

⑨ 明眸皓齿:明亮的眼睛,洁白的牙齿。形容女子的美貌,亦指代美女。

⑩ "东海"三句:晋葛洪《神仙传》:"麻姑自云:'接侍以来,已见东海三为桑田。向到蓬莱,水又浅于往者会时略半也,岂将复还为陵陆乎?'"青桑,指扶桑。神话中的树名。《山海经·海外东经》:"汤谷上有扶桑,十日所浴,在黑齿北。"郭璞注:"扶桑,木也。"《海内十洲记·带洲》:"多生林木,叶如桑。又有椹,树长者二千丈,大二千余围。树两两同根偶生,更相依倚,是以名为扶桑也。"瀛洲,传说中的仙山。《列子·汤问》:"渤海之东,不知几亿万里……其中有五山焉,一曰岱舆,二曰员峤,三曰方壶,四曰瀛洲,五曰蓬莱……所居之人,皆仙圣之种。"清泚(cǐ),清澈。清澈的水。泚,清澈。

⑪ 琼壶:指方壶。传说中神山名,一名方丈。又,喻明月。

⑫ 碧树:玉树。《淮南子·墬形训》:"(昆仑虚)上有木禾,其修五寻,珠树、玉树、琁树、不死树在其西,沙棠、琅玕在其东,绛树在其南,碧树、瑶树在其北。"

⑬ 枪芽:茶的芽尖。其细如枪,故名。

⑭ 云根:深山云起之处。此指山雨。又,蓬莱阁周围有名为"云根"的建筑。

⑮ 涎(xián)香:指龙涎香,抹香鲸病胃的分泌物,类似结石,从鲸体内排出,漂浮海面或冲上海岸。为黄、灰乃至黑色的蜡状

物质,香气持久,是极名贵的香料。涎,唾液,口水。
⑯ 龙睡,语本《庄子·列御寇》:"夫千金之珠,必在九重之渊,而骊龙颔下。子能得珠者,必遭其睡也。"
⑰ 断:副词。一定。
⑱ 文丘:文种墓。丘,坟墓。隧:墓道。
⑲ 秋声:指秋天里自然界的声音,如风声、落叶声、虫鸟声等。
⑳ 漫:副词。空,徒然。
㉑ 寒鸦孤村流水:语出宋秦观《满庭芳》词:"斜阳外,寒鸦万点,流水绕孤村。"寒鸦,寒天的乌鸦;受冻的乌鸦。
㉒ 画角:古管乐器。传自西羌。形如竹筒,本细末大,以竹木或皮革等制成,因表面有彩绘,故称。发声哀厉高亢,古时军中多用以警昏晓,振士气,肃军容。帝王出巡,亦用以报警戒严。
㉓ 落梅花:指《梅花落》,汉乐府横吹曲名。《乐府诗集·横吹曲辞四·梅花落》郭茂倩题解:"《梅花落》本笛中曲也。"

琐窗寒①

玉 兰②

绀缕堆云③,清腮润玉,汜人初见④。蛮腥未洗⑤,海客一怀凄惋。渺征槎⑥、去乘闻风⑦,占香上国幽心展⑧。□遗芳掩色⑨,真姿凝澹⑩,返魂骚畹⑪。 一盼。千金换⑫。又笑伴鸱夷,共归吴苑⑬。离烟恨水,梦杳南天秋晚⑭。比来时⑮、瘦肌更销,冷熏沁骨悲乡远⑯。最伤情、送客咸阳⑰,佩结西风怨⑱。

注释

① 此词以女子为喻咏玉兰花。
② 玉兰:花木名。落叶乔木,花瓣九片,色白,芳香如兰,故名。
③ 绀(gàn)缕:喻乌发。绀,天青色;深青透红之色。
④ 汜(sì)人:唐沈亚之《湘中怨解》载,垂拱中,驾在上阳宫。太学进士郑生晨发铜驼里,乘晓月渡洛桥,遇艳女,自言养于兄,因嫂恶,欲投水。生载归,与之同居,号曰汜人。汜人能诵善吟,其词艳丽不凡。数年后,汜人自述本系蛟宫之娣,贬谪而从生,今已期满。遂啼泣离去。后诗词中用作钟情艳女之典。汜,水边。
⑤ 蛮腥:语出张九成《辛未闰四月即事》诗:"须臾倒江湖,一扫蛮瘴腥。"蛮,荒野遥远,不设法制的地方。我国古代对长江中游及其以南地区少数民族的泛称。词人以为南方荒蛮之地是玉兰的原生地,故云。
⑥ "海客"二句:传说天河与海通,有人居海渚者,年年八月见有浮槎去来,不失期,遂立飞阁于查上,乘槎浮海而至天河,遇

织女、牵牛。此人问此是何处,答曰:"君还至蜀郡访严君平则知之。"后至蜀,君平曰:"某年月日有客星犯牵牛宿。"正是此人到天河时。海客,谓航海者。凄惋,哀伤。征,远行,远去。槎(chá),同"查"。木筏。

⑦ 阆风:阆风巅上的风;仙风。阆(làng),阆风巅的省称。南朝宋鲍照《舞鹤赋》:"指蓬壶而翻翰,望昆阆而扬音。"

⑧ 占香上国:事见《左传·宣公三年》:"郑文公有贱妾曰燕姞,梦天使与己兰曰:'余为伯鯈。余,而祖也。以是为而子(以"兰"为子命名),以兰有国香,人服媚之如是。'"上国,春秋时称中原各诸侯国为上国,与吴楚诸国相对而言。指京师。

⑨ 遗芳:指寒冬季节百花凋谢后遗留下来的香花芳草,如兰花、菊花、梅花等。

⑩ 凝澹:淡泊;静止。

⑪ 骚畹(wǎn):《楚辞·离骚》:"余既滋兰之九畹兮,又树蕙之百亩。"畹,古代地积单位。或以三十亩为一畹,或以十二亩为一畹,或以三十步为一畹,说法不一。泛指园圃。

⑫ "一盼"二句:语出《汉书·外戚传上·李夫人》:"延年侍上起舞,歌曰:'北方有佳人,绝世而独立,一顾倾人城,再顾倾人国。宁不知倾城与倾国,佳人难再得!'"

⑬ "又笑"二句:蠡辅佐越王勾践,灭亡吴国,功成身退,携西施乘轻舟以隐于五湖。鸱(chī)夷,即鸱夷子皮,春秋越范蠡之号。《史记·越王勾践世家》:"范蠡浮海出齐,变姓名,自谓鸱夷子皮。"吴苑,即长洲苑,吴王之苑。此处以西施喻兰花。

⑭ 南天:南方的天空,指南方,有时特指岭南地区。
⑮ 比来:近来;近时。
⑯ 熏:香,发出香气。
⑰ 送客咸阳:语出李贺《金铜仙人辞汉歌》:"衰兰送客咸阳道,天若有情天亦老。"
⑱ 佩结西风怨:意本《楚辞·离骚》:"扈江离与辟芷兮,纫秋兰以为佩。"《诗·秦风·渭阳》:"我送舅氏,悠悠我思。何以赠之,琼瑰玉佩。"佩,古代系于衣带的装饰品,常指珠玉、容刀、帨巾、觿之类。西风,西面吹来的风。多指秋风。

丹凤吟①

赋陈宗之芸居楼②

丽景长安人海③,避影繁华④,结庐深寂⑤。灯窗雪户⑥,光映夜寒东壁⑦。心雕鬓改⑧,镂冰刻水⑨,缥简离离⑩,风签索索⑪。怕遣花虫蠹粉⑫,自采秋芸熏架⑬,香泛纤碧⑭。　更上新梯窈窕⑮,暮山澹着城外色。旧雨江湖远⑯,问桐阴门巷,燕曾相识⑰。吟壶天小,不觉翠蓬云隔⑱。桂斧月官三万手⑲,计元和通籍⑳。软红满路㉑,谁聘幽素客㉒。

注释

① 该词写朋友新盖的书楼,表现文人风雅情怀。

② 陈宗之:陈起,字宗之,号芸居,人称陈道人。南宋杭州书商、藏书家。与江湖诗人交密,宝庆元年刊刻《江湖集》坐罪。芸居楼:陈起书坊的新楼。

③ 丽景:美景。长安人海:语出苏轼《病中闻子由得告不赴商州三首》之一:"惟有王城最堪隐,万人如海一身藏。"

④ 避影:避匿形影。《庄子·天道》:"士成绮雁行避影,履行遂进,而问修身若何?"

⑤ 结庐深寂:语出晋陶潜《饮酒》诗之五:"结庐在人境,而无车马喧。"结庐,构筑房舍。

⑥ 灯窗:窗前灯下。指苦学之所。雪户:晋孙康,京兆人。家贫好学,常映雪读书。后用为勤学苦读之典。

⑦ 东壁:皇宫藏书之所。此泛指藏书处。《晋书·天文志上》:"东壁二星,主文章,天下图书之秘府也。"

⑧ 雕:泛指修饰。

⑨ 镂冰:雕刻冰块。常以喻徒劳无功。汉桓宽《盐铁论·殊路》:"故内无其质而外学其文,虽有贤师良友,若画脂镂冰,费日损功。"刻水:犹刻汁。据晋王嘉《拾遗记·周灵王》载,浮提国献神通、善书二人,出肘间四寸金壶,内贮黑汁如淳漆,佐老子撰《道德经》,"昼夜精勤,形劳神倦。及金壶汁尽,二人剖心沥血,以代墨焉。"后因以"刻汁"谓人治学精勤刻苦。

⑩ 缥(piǎo)简:淡青色的书简。缥,青白色的丝织品。淡青色;青白色。今所谓月白。离离:井然有序貌。

⑪ 签:指竹片或纸片上写有文字符号的一种标识。此指书签。索索:犹瑟瑟。形容细碎之声。

⑫ 怕遣花虫蠹粉:语出李贺《秋来》诗:"谁看青简一编书,不遣花虫粉空蠹。"遣,使,让。花虫,一种蛀虫。又称蠹鱼,喜食书。体小,身上有银色细鳞,尾有三毛,和身等长,看去甚美,故称为"花虫"。蠹,蛀虫。蛀蚀。粉,此指被蛀虫蛀蚀的粉末。

⑬ 秋芸:古人于秋日常采芸草置书中以辟蠹虫,故藉以指书卷。芸,芸香。香草名。多年生草本植物,其下部为木质,故又称芸香树。花叶香气浓郁,可入药,有驱虫、驱风、通经的作用。架:书架。

⑭ 纤碧:纤纤绿叶。指芸香叶。

⑮ 新梯:芸居楼落成不久,故云。窈窕:深远貌;秘奥貌。

⑯ 旧雨:老友的代称。唐杜甫《秋述》:"常时车马之客,旧,雨来;今,雨不来。"谓过去宾客遇雨也来,而今遇雨却不来了。

⑰ 燕曾相识:语出晏殊《浣溪沙》:"无可奈何花落去,似曾相识燕归来。"

⑱ "吟壶"二句:语出宋王安石《上元戏呈贡父》诗:"别开阊阖壶天外,特起蓬莱陆海中。"壶天,传说东汉费长房为市掾时,市中有老翁卖药,悬一壶于肆头,市罢,跳入壶中。长房于楼上见之,知为非常人。次日复诣翁,翁与俱入壶中,唯见玉堂严

173

丽,旨酒甘肴盈衍其中,共饮毕而出。后即以"壶天"谓仙境;胜境。翠蓬,植被茂密的蓬莱山。蓬,蓬莱的省称。蓬莱,古代传说中的神山名。亦常泛指仙境。又指蓬莱宫。唐宫名。在陕西省长安县东。原名大明宫,高宗时改为蓬莱宫。云隔,《文子·上德》:"日月欲明,浮云盖之。"后以"浮云蔽日"喻佞奸之徒蔽君上之明。

⑲ 桂斧月宫三万手:意谓此间文章高手云集。桂斧,即月斧。修月之斧。神话传说,月由七宝合成,常有八万二千户修之,故有此称。比喻尽文章能事。宋苏轼《王文玉挽词》:"才名谁似广文寒,月斧云斤琢肺肝。"

⑳ 计:总计。元和通籍:意指寒族科举顺利。《类说》卷三四:"元和中,李凉公(逢吉)下三十三人,皆取寒素。时有诗曰:'元和天子丙申年,三十三人同得仙。袍似烂银文似锦,相将白日上青天。'"元和,唐宪宗年号。通籍,谓记名于门籍,可以进出宫门。《汉书·元帝纪》:"令从官给事宫司马中者,得为大父母父母兄弟通籍。"颜师古注引应劭曰:"籍者,为二尺竹牒,记其年纪名字物色,县之宫门,案省相应,乃得入也。"指初作官。意谓朝中已有了名籍。

㉑ 软红:犹言软红尘。谓繁华热闹。

㉒ 聘:探询;寻求。幽素:恬淡质朴。又,唐科举科目名。宋赵彦卫《云麓漫钞》卷六:"唐科目至繁,《唐书》志多不载,或略见于列传,今裒集于此……幽素;词赡文华;直言极谏;抱儒素。"

声声慢①

赠藕花洲尼②

六铢衣细③,一叶舟轻,黄芦堪笑浮槎④。何处汀洲,云澜锦浪无涯。秋姿澹凝水色。艳真香、不染春华⑤。笑归去,傍金波开户⑥,翠屋为家⑦。　　回施红妆青镜⑧,与一川平绿⑨,五月晴霞⑩。赪玉杯中⑪,西风不到窗纱。端的旧莲深薏⑫,料采菱、新曲羞夸⑬。秋潋滟⑭,对年年、人胜似花。

注释

① 该词着力表现一年轻尼姑的居住环境和美丽容貌。
② 藕花洲:在临安府畿县仁和县临平山下。
③ 六铢(zhū)衣:佛经称忉利天衣重六铢,谓其轻而薄。见《长阿含经·世纪经·忉利天品》。后称佛、仙之衣为"六铢衣"。铢,古代衡制中的重量单位。为一两的二十四分之一。
④ 黄芦堪笑浮槎:语出《诗·卫风·河广》:"谁谓河广,一苇杭之。"佛教有达摩一苇渡江的传说。明刘基《旅兴》诗之一:"那无一苇航,繁念空悠悠。"黄芦,枯黄的芦苇。浮槎,典出晋张华《博物志》卷三:"旧说云天河与海通,近世有人居海渚者,年年八月有浮槎去来不失期。"
⑤ 春华:喻女子娇艳的容颜。

⑥ 金波:谓月光。此喻反射着耀眼光芒的水波。

⑦ 翠屋:喻指荷叶。萧绎《采莲赋》:"绿房兮翠盖,素实兮黄螺。"

⑧ 施:搽抹。红妆:指女子的盛妆。因妇女妆饰多用红色,故称。青镜:即青铜镜。

⑨ 平绿:一片绿色。亦指平展而绿色的园地或原野。

⑩ 晴霞:明霞。

⑪ 赪(chēng)玉杯:语出唐施肩吾《夜宴曲》:"被郎嗔罚琉璃盏,酒入四肢红玉软。"赪,红。

⑫ "端的"三句:与(她)过往情史的始末相比,估量即便是新编的采菱情歌也羞于夸耀。端的,始末;底细。旧莲深薏,谐音双关修辞手法。犹言"旧怜深意"。薏(yì),莲子的心。

⑬ 料:估量;忖度。采菱:乐府清商曲名。又称《采菱歌》《采菱曲》。多言青年男女的情事。

⑭ 秋潋滟(liàn yàn):语出宋欧阳澈《玉楼春》词之二:"香丝篆袅一帘秋,潋滟十分浮蚁绿。"潋滟,水满貌。泛指盈溢。

莺啼序①

残寒正欺病酒②,掩沈香绣户。燕来晚、飞入西城,似说春事迟暮。画船载、清明过却③,晴烟冉冉吴宫树④。念羁情游荡⑤,随风化为轻絮。　　十载西湖,傍柳系马⑥,趁娇尘软雾⑦。遡红渐⑧、招入仙溪⑨,锦儿偷寄幽素⑩。倚银屏⑪、春宽梦窄,断红湿⑫、歌纨金缕⑬。暝堤空,轻把斜阳,总还鸥鹭。　　幽兰旋老⑭,杜若还生⑮,水乡尚寄旅⑯。别后访、六桥无信⑰,事往花委,瘗玉埋香⑱,几番风雨。长波妒盼⑲,遥山羞黛⑳。渔灯分影春江宿,记当时、短楫桃根渡㉑。青楼仿佛㉒,临分败壁题诗,泪墨惨淡尘土㉓。　　危亭望极,草色天涯,叹鬓侵半苎㉔。暗点检㉕、离痕欢唾,尚染鲛绡㉖,𨆡凤迷归,破鸾慵舞㉗。殷勤待写,书中长恨,蓝霞辽海沈过雁㉘,漫相思、弹入哀筝柱㉙。伤心千里江南,怨曲重招,断魂在否㉚。

注释

① 该词描写初春之景,追念当日风流往事,以及佳人乐事逝去后的凄楚相思和寄旅他乡的孤苦情怀。
② 病酒:饮酒沉醉。
③ 画船载、清明过却:写吴地风俗。《吴郡志》卷二:"春时用六

莺啼序（残寒正欺病酒）

柱船,红幕青盖,载箫鼓以游。虎丘、灵岩为最盛处,寒食则拜扫坟墓,竞渡亦用清明寒食。"

④ 吴宫:指春秋吴王的宫殿。

⑤ 羁情:旅居的情怀。

⑥ 傍柳系马:常指饮酒作乐。王维《少年行四首》之一:"相逢意气为君饮,系马高楼垂柳边。"

⑦ 趁:追逐。娇尘软雾:语出宋卢祖皋《鱼游春水》词:"软红尘里鸣鞭镫,拾翠丛中句伴侣。"软红尘,飞扬的尘土。形容繁华热闹。亦指繁华热闹的地方。

⑧ 渐:古水名。即今浙江,亦指浙江中、上游的新安江。

⑨ 招入仙溪:东汉永平年间,刘晨、阮肇至天台山采药迷路,途经桃花溪,遇二仙女,蹉跎半年始归。时已入晋,子孙已过七代。后复入天台山寻访,旧踪渺然。

⑩ 锦儿:事见《类说》卷二九:"爱爱,姓杨氏,钱塘娼家女也。七夕泛舟西湖采荷香,为金陵少年张逞所调,相携潜遁于京师。余二年,逞为父捕去,后或传逞已卒,致爱爱感念而亡,小婢锦儿出其故绣、手籍、香囊、缬履,郁然如新。"此指作者所爱杭妓女的婢女。幽素:幽情素心。又,隐秘的书信。或指私传的情书。素,白色生绢。古人用绢帛书写,故亦以为书籍或信件的代称。

⑪ 银屏:镶银的屏风。

⑫ 断红:坠落的红泪。红泪,晋王嘉《拾遗记·魏》:"文帝所爱美人,姓薛名灵芸,常山人也……灵芸闻别父母,歔欷累日,

泪下沾衣。至升车就路之时,以玉唾壶承泪,壶则红色。既发常山,及至京师,壶中泪凝如血。"

⑬ 歌纨(wán):歌扇。纨,白色细绢。金缕:指金缕衣。以金丝编织的衣服。后指代舞衣。

⑭ 幽兰:此喻高雅的女子。《楚辞·离骚》:"户服艾以盈要兮,谓幽兰其不可佩。"旋:逐渐。

⑮ 杜若:香草名。多年生草本,高一二尺。叶广披针形,味辛香。夏日开白花。果实蓝黑色。《楚辞·九歌·湘君》:"采芳洲兮杜若,将以遗兮下女。"此喻微贱的女子。

⑯ 寄旅:犹旅寄。寄居他乡。

⑰ 六桥:浙江省杭州西湖外湖苏堤上之六桥:映波、锁澜、望山、压堤、东浦、跨虹。宋苏轼所建。亦指西湖里湖之六桥:环璧、流金、卧龙、隐秀、景行、浚源。无信:不守信用,没有信用。

⑱ 瘗玉埋香:谓埋葬美女。瘗玉,原指古代祭山礼仪。治礼毕埋玉于坑。

⑲ 盼:眼睛黑白分明貌。《诗·卫风·硕人》:"巧笑倩兮,美目盼兮。"

⑳ 遥山羞黛:古代妇女用黛色画眉,色如远山。旧题汉伶玄《赵飞燕外传》:"合德新沐,膏九回沉水香为卷发,号新髻;为薄眉,号远山黛;施小朱,号慵来妆。"

㉑ 短楫:短桨。亦指代小船。桃根:晋王献之爱妾桃叶之妹。借指歌妓或所爱恋的女子。桃叶渡,渡口名。在今江苏省南

京市秦淮河畔。相传因晋王献之在此送其爱妾桃叶而得名。

㉒ 仿佛:似有若无貌;隐约貌。形容后文的"题诗"。

㉓ 败:破烂;破旧。

㉔ 鬓侵半苎(zhù):谓鬓发半白。苎,植物名。苎麻。此指白色的苎麻。

㉕ 点检:反省;检点。

㉖ 鲛绡(xiāo):传说中鲛人所织的绡。亦借指薄绢、轻纱。南朝梁任昉《述异记》卷上:"南海出鲛绡纱,泉室潜织,一名龙纱。其价百余金,以为服,入水不濡。"指毛帕、丝巾。

㉗ "軃(duǒ)凤"二句:语出李商隐《当句有对》诗:"但觉游蜂饶舞蝶,岂知孤凤忆离鸾。"軃,下垂。凤,凤钗。妇女的首饰。破鸾慵舞,典出《太平御览》卷九一六引南朝宋范泰《鸾鸟诗》序:"昔罽宾王结罝峻祁之山,获一鸾鸟,王甚爱之,欲其鸣而不致也。乃饰以金樊,飨以珍羞。对之逾戚,三年不鸣。夫人曰:'闻鸟见其类而后鸣,何不县镜以映之!'王从言。鸾睹影感契,慨焉悲鸣,哀响中霄,一奋而绝。"鸾,指鸾镜。

㉘ 蓝霞:犹青霞。过雁:语出杜甫《赠王二十四侍御契四十韵》诗:"书成无过雁,衣故有悬鹑。"

㉙ 弹入哀筝柱:语出唐李商隐《独居有怀》诗:"浦冷鸳鸯去,园空蛱蝶寻。蜡花长递泪,筝柱镇移心。"宋张先《菩萨蛮》词:"哀筝一弄《湘江曲》,声声写尽江波绿。"哀筝,悲凉的筝声。筝柱,筝上的弦柱。每弦一柱,可移动以调定声音。

㉚ "伤心"三句:语出《楚辞·招魂》:"目极千里兮伤春心,魂兮

归来哀江南。"

辑评

陈廷焯《云韶集》卷八：全章精粹，空绝古今。（"十载西湖"以下数句）追叙昔日欢场，写得踌躇满志。妙句。（"幽兰旋老"以下数句）此折言离别，泪痕血点，惨淡淋漓之极。（"危亭望极"以下数句）此折抚今追昔，悼叹无穷。结笔尤写来呜咽。

毛晋《梦窗词稿·跋》

或云梦窗词一卷，或云凡四卷，以甲乙丙丁厘目。或又云，四明吴君特从吴履斋诸公游，晚年好填词。谢世后同游集其丙丁两年稿若干篇，厘为二卷，末有《莺啼序》，遗缺甚多，盖绝笔也，与余家藏本合符。既阅《花庵》诸刻，又得逸篇九阕，附存卷尾。山阴尹焕序略云："求词于吾宋，前有清真，后有梦窗。此非焕之言，四海之公言也。"湖南毛晋识。

毛晋《梦窗词稿·跋》

余家藏书未备，如四明吴梦窗词稿。二十年前仅见丙、丁二集，因遂授梓，盖尺锦寸绣不忍秘诸枕中也。今又得甲、乙二册，但错简纷然，如"风里落花谁是主"，此南唐后主亡国词谶也。"无可奈何花落去，似曾相识燕归来"巧对，晏元献公与江都尉同游池上一段佳话，久已耳熟，岂容攘美？又如秦少游"门外绿阴千顷"、苏子瞻"敲门试问野人家"、周美成"倚楼无语理瑶琴"、欧阳永叔"佳人初试薄罗裳"之类，各入本集，不能条举。但如"云接平冈""对宿烟收"诸篇，自注附某集者，姑仍之，未识谁主谁宾也。古虞毛晋识。

《四库全书总目·梦窗稿四卷补遗一卷·提要》

宋吴文英撰。文英字君特，梦窗其自号也。庆元人。所著词有甲、乙、丙、丁四稿。毛晋初得其丙、丁二稿，刻于宋词第五集中。复摭其绝笔一篇，佚词九篇，附于卷末。续乃得甲、乙二稿，刻之第六集中。晋原跋可考。此本即晋所刻，而四稿合为一集，则又后人所移并也。所录绝笔《莺啼序》一首，残阙过半，而乃有全文在乙稿补遗之中。《绛都春》一首，亦先载乙稿之中，今卷末仍未削去。是亦刊非一时，失于检校之故矣。其分为四集之由，不甚可解。晋跋称文英谢世之后，同游集其丙、丁两年稿厘为二卷。案文英卒于淳祐十一年辛亥，不应独丙、丁二年有词。且丙稿有乙巳所作《永遇乐》，甲辰所作《满江红》，而《丙午岁旦》一首，乃介于其中。丁稿有癸卯所作《思佳客》，壬寅所作《六丑》，甲辰所作《凤栖梧》，而丙午所作《西江月》亦在卷内。则丙、丁二稿不应分属丙、丁二年。且甲稿有癸卯作，乙稿有端平丙申作，淳祐辛亥作，亦绝不以编年为序。疑其初不自收拾。后裒辑旧作，得一卷即为一集，以十干为之标目，原未尝排比先后耳。文英及与姜夔、辛弃疾游，倡和具载集中，而又有寿贾似道诸作。殆亦晚节颓唐，如朱希真、陆游之比。其词则卓然南宋一大宗。沈泰嘉《乐府指迷》称其深得清真之妙，但用事下语太晦处，人不易知。张炎《乐府指迷》亦称其如七宝楼台，炫人眼目，拆碎下来，不成片段。所短所长，评品皆为平允。盖其天分不及周邦彦,而研炼之功则过之。词家之有文英,亦如诗家之有李商隐也。其稿屡经传写,多有讹脱。如朱存理《铁网珊瑚》载文英手书《江南春》词,题下注"张筠庄杜衡山庄",而刻本佚上三字,是其明证。他如《夜飞鹊》后阕"轻冰润"句,"轻"字上当脱一字。"解语花门横皱碧"一首,后阕"冷云荒翠"句,"翠"字与全首之韵不叶。《塞翁吟别》一首,后阕"吴女晕浓"句,"女"字据谱当作平声。《高山流水》后阕,"唾碧窗喷花茸"句,音律不叶,文义亦不可解。《惜红衣》一阕,仿白石调而作,后阕"当时醉近绣箔夜吟"句,止八字。考姜夔原词作"维舟试望故国渺天北"句,实九字。不惟少一字,且脱一韵。《齐天乐》尾句"画旗塞鼓"据谱尚脱一字。《垂丝钓》前阕"波光掩映,烛花黯淡"二句。"掩"字不应叶,又不宜作四字句。《绕佛阁·蒨霞艳锦》一首,前阕"东风摇扬花絮下"阙三字,然"花絮"二字乃句尾押韵,以前词"怕教彻胆寒光见怀抱"句推之,则阙字当在"花絮"二字之上。毛本校刊皆未及是正。至乙亥之《丑奴儿慢》,丙稿又易其名曰《愁春未醒》。则因潘元质此词以"愁春未醒"作起句,故后人又有此名。据以追改旧题,尤乖舛矣。

附录：梦窗词总评

沈义父《乐府指迷》：余自幼好吟诗，壬寅秋始识静翁于泽滨，癸卯识梦窗，暇日相与倡酬，率多填词。因讲论作词之法，然后知词之作难于诗。盖音律欲其协，不协则成长短之诗；下字欲其雅，不雅则近乎缠令之体；用字不可太露，露则直突而无深长之味；发意不可太高，高则狂怪而失柔婉之意。思此，则知所以为难。

又：梦窗深得清真之妙，其失在用事下语太晦处，人不可晓。

张炎《词源》卷下：旧有刊本《六十家词》，可歌可诵者，指不多屈。中间如秦少游、高竹屋、姜白石、史邦卿、吴梦窗，此数家格调不侔，句法挺异，俱能特立清新之意，删削靡曼之词，自成一家，各名于世。

又：词中句法，要平妥精粹。一曲之中，安能句句高妙，只要拍搭衬副得去，于好发挥笔力处，极要用功，不可轻易放过，读之使人击节，可也。……如吴梦窗《登灵岩》云："连呼酒，上琴台去，秋与云平。"《闰重九》云："帘半卷，带黄花、人在小楼。"……

此皆平易中有句法。

又：词之难于令曲，如诗之难于绝句，不过十数句，一句一字闲不得。末句最当留意，有有余不尽之意始佳。当以唐《花间集》中韦庄、温飞卿为则，又如冯延巳、贺方回、吴梦窗亦有妙处。

陆辅之《词旨·词说》：命意贵远，用字贵便，造语贵新，炼字贵响。古人诗有翻案法，词亦然。词不用雕刻，刻则伤气，务在自然。周清真之典丽，姜白石之骚雅，史梅溪之句法，吴梦窗之字面，取四家之所长，去四家之所短，此翁之要诀。

王又华《古今词论》引仲雪亭词论：作词用意，须出人想外，用字如在人口头。创语新，炼字响，翻案，不雕刻以伤气，自然，远庸熟而求生。再以周清真之典丽，姜白石之秀雅，史梅溪之句法，吴君特之字面，用其所长，弃其所短，规模研揣，岂不能与诸公争雄长哉？

尤侗《词苑丛谈·序》：词之系宋，犹诗系唐也。唐诗有初盛中晚，宋词亦有之。唐之诗由六朝乐府而变，宋之词由五代长短句而变。约而次之，小山、安陆，其词之初乎；淮海、清真，其词之盛乎；石帚、梦窗，似得其中；碧山、玉田，风斯晚矣。

朱彝尊《黑蝶斋词序》：词莫善于姜夔，宗之者张辑、卢祖皋、史达祖、吴文英、蒋捷、王沂孙、张炎、周密、陈允平、张翥、杨基，皆具夔之一体。基之后得其门者，或寡矣。

彭孙遹《词藻》卷四：华亭宋尚木言：苟举当家之词，如柳屯田哀感顽艳，而少寄托；周清真蜿蜒流美，而乏陡健；康伯可排叙整齐，而乏深邃。其外，则谢无逸之能写景，僧仲殊之能言情，程正伯之能壮采，张安国之能用意，万俟雅言之能协律，刘改之之能使气，曾纯甫之能书怀，吴梦窗之能叠字，姜白石之能琢句，蒋竹山之能作态，史邦卿之能刷色，黄花庵之能选格，亦其选也。

彭孙遹《金粟词话》：宋人张玉田论词，极推少游、竹屋、白石、梅溪、梦窗诸家，而稍诎美成。梦窗之词虽雕缋满眼，然情致缠绵，微为不足。

王士祯《花草蒙拾》：宋南渡后，梅溪、白石、竹屋、梦窗诸子，极妍尽态，反有秦、李未到者。虽神韵天然处或减，要自令人有观止之叹。正如唐绝句，至晚唐刘宾客、杜京兆，妙处反进青莲、龙标一尘。

邹祗谟《远志斋词衷》：僻调之多，以柳屯田为最。此外则周清真、史梅溪、姜白石、蒋竹山、吴梦窗、冯艾子集中，率多自制新调，余家亦复不乏。

曹贞吉《秋锦山房词序》：秋锦（李良年）论词，必尽扫蹊径，独露本色。尝谓南宋词人如梦窗之密、玉田之疏，必兼之乃工。

沈雄《古今词话》：汪晋贤盛称竹垞新词，贻我一卷。读之如梦窗之丽情幽思，不可梯接，但下语用事处，浅人固不易知。

万树《词律·自叙》：诗余乃剧本之先声，昔日入伶工之歌板。如耆卿标明于分调，诚斋垂法于择腔，尧章自注觱指之声，君特久辨煞尾之字。当时或随宫造格，创制于前；或遵调填音，因仍于后。其腔之疾徐长短，字之平仄阴阳，守一定而不移，证诸家而皆合。

万树《词律·发凡》：周、柳、万俟等之制腔造谱，皆按宫调，故协于歌喉,播诸弦管。以迄白石、梦窗辈,各有所创,未有不悉音理而可造格律者。虽今音理失传,而词具在,学者但宜仿旧作,字字恪遵,庶不失其矩矱。

田同之《西圃词说》:铅汞炼而丹成,情景交而词成。指迷妙诀,当于玉田、梦窗间求之。

焦循《雕菰楼词话》:竹山固本诸梦窗。

郭麐《灵芬馆词话》卷一:姜、张诸子,一洗华靡,独标清绮,如瘦石孤花,清笙幽盘,入其境者,疑有仙灵,闻其声者,人人自远。梦窗、竹屋,或扬或沿,皆有新隽,词之能事备矣。

丁绍仪《听秋声馆词话》:词至南宋而极工,然如白石、梦窗、草窗、玉田,皆胥疏江湖,故语多婉焉,去北宋疏越之音远矣。

周济《宋四家词选·目录序论》:梦窗奇思壮采,腾天潜渊,返南宋之清泚,为北宋之秾挚。是为四家,领袖一代。……问涂碧山,历梦窗、稼轩,以还清真之浑化,……稼轩由北开南,梦窗由南追北,是词家转境。……皋文不取梦窗,是为碧山门径所限耳。梦窗立意高、取径远,皆非余子所及。惟过嗜饾饤,以此被议。若其虚实并到之作,虽清真不过也。

周济《宋四家词选·周密》:草窗最近梦窗,但梦窗思沈力厚,草窗则貌合耳。若其镂新斗冶,固自绝伦。

周济《介存斋论词杂著》:近人颇知北宋之妙,然终不免有姜、张二字横亘胸中。岂知姜、张在南宋,亦非巨擘乎?论词之人,叔夏晚出,既与碧山同时,又与梦窗别派,是以过尊白石,但主清空。后人不能细研词中曲折深浅之故,群聚而和之,并为一谈,亦固其所也。

又:梦窗每于空际转身,非具大神力不能。梦窗非无生涩处,总胜空滑。况其佳者,天光云影,摇荡绿波,抚玩无斁,追寻已远。君特意思甚感慨,而寄情闲散,使人不易测其中之所有。

周济《介存斋论词杂著·词辨自序》:自温庭筠、韦庄、欧阳修、秦观、周邦彦、周密、吴文英、王沂孙、张炎之流,莫不蕴藉深厚,而才艳思力,各骋一途,以极其致。譬如匡庐衡岳,殊体而并胜;南威西施,别态而同妍矣。

戈载《宋七家词选》:(吴文英)以绵丽为尚,运意深远,用笔幽邃,炼字炼句,迥不犹人。貌观之雕缋满眼,而实有灵气行乎其间。细心吟绎,觉味美于方回,引人入胜,既不病其晦涩,亦不见其堆垛。……犹之玉溪生之诗,藻采组织,而神韵流转,旨趣永长,未可妄讥其獭祭也。

蒋敦复《芬陀利室词话》:有厚入无间者,南宋自稼轩、梦窗外,石帚间能之,碧山时有此境,其他即无能为役矣。

刘熙载《艺概·词曲概》:词品喻诸诗,东坡、稼轩,李杜也;耆卿,香山也;梦窗,义山也;白石、玉田,大历十子也;其有似韦苏州者,张子野当之。

又:诗有西江、西昆两派,惟词亦然。戴石屏《望江南》云:"谁解学西昆?"是学西江派人语,吴梦窗一流,当不喜闻。

孙麟趾《词径》:梦窗足医滑易之病,不善学之,便流于晦。余谓词中之有梦窗,如诗中之有长吉。篇篇长吉,阅者易厌;篇篇梦窗,亦难悦目。

又：石以皱为贵，词亦然。能皱必无滑易之病，梦窗最善此。

又：高澹婉约，艳丽苍莽，各分门户。欲高澹学太白、白石；欲婉约学清真、玉田；欲艳丽学飞卿、梦窗；欲苍莽学《苹洲》、《花外》。

谢章铤《赌棋山庄词话》卷八：设色，词家所不废也。今试取温尉与梦窗较之，便知仙凡之别矣。盖所争在风骨、在神韵，温尉生香活色，梦窗所谓七宝楼台，拆碎不成片段；又其甚者，则浮艳耳。阮亭揣摩《花间》，沾沾于"飐""苣"一二字义，是犹见其表而遗其里欤。须知"檀栾金碧，婀娜蓬莱"，未必便低便俗于"宝函钿雀，画屏鹧鸪"，亦视驱遣者造诣何如耳。

谢章铤《赌棋山庄词话》卷十：武曾曰："南宋词人如梦窗之密，玉田之疏，必兼之乃工。"（曹贞吉《秋锦山房词·序》）近王小山亦谓"梦窗之奇丽而不免于晦，草窗之淡逸而或近于平。"（王颖山《别花人语·序》）此言乃学南宋者之金针也。

谢章铤《赌棋山庄词话》卷十二：北宋多工短调，南宋多工长调；北宋多工软语，南宋多工硬语。然二者偏至，终非全才。欧阳、晏、秦，北宋之正宗也。柳耆卿失之滥，黄鲁直失之伧。白石、高、史，南宋之正宗也。吴梦窗失之涩，蒋竹山失之流。

周尔墉《批〈绝妙好词〉》卷四：于逼塞中见空灵，于浑朴中见勾勒，于刻画中见天然，读梦窗词，当于此着眼。性情能不为词藻所掩，方是梦窗法乳。

陈廷焯《白雨斋词话》卷一：唐五代词，不可及处，正在沉郁。宋词不尽沉郁，然如子野、少游、美成、白石、碧山、梅溪诸家，未有不沉郁者。即东坡、方回、稼轩、梦窗、玉田等,似不必尽以沉郁胜,然其佳处,亦未有不沉郁者。

又:(张惠言《词选》)以吴梦窗为变调,摈之不录,所见亦左。

陈廷焯《白雨斋词话》卷二:南宋词家,白石、碧山,纯乎纯者也;梅溪、梦窗、玉田辈,大纯而小疵,能雅不能虚,能清不能厚也。

陈廷焯《白雨斋词话》卷三:国初多宗北宋,竹垞独取南宋,分虎、符曾佐之,而风气一变。然北宋、南宋,不可偏废。南宋白石、梅溪、梦窗、碧山、玉田辈,固是高绝,北宋如东坡、少游、方回、美成诸公,亦岂易及耶?况周、秦两家,实为南宋导其先路。数典忘祖,其谓之何?

又:梦窗在南宋,自推大家。惟千古论梦窗者,多失之诬。尹惟晓云:"求词于吾宋,前有清真,后有梦窗,此非予之言,四海之公言也。"为此论者,不知置东坡、少游、方回、白石等于何地?沈伯时云:"梦窗深得清真之妙,但用事下语太晦处,人不易知。"其实梦窗才情超逸,何尝沉晦。梦窗长处,正在超逸之中见沉郁之意,所以异于刘、蒋辈,乌得转以此为梦窗病?至张叔夏云:"吴梦窗如七宝楼台,眩人眼目,拆碎下来,不成片段。"此论亦余所未解。……若梦窗词,合观通篇,固多警策。即分摘数语,亦自入妙,何尝不成片段耶?总之,梦窗之妙,在超逸中见沉郁,不及碧山、梅溪之厚,而才气较胜。

又:梦窗精于造句。超逸处则仙骨珊珊,洗脱凡艳;幽索处,则孤怀耿耿,别缔古欢。

陈廷焯《白雨斋词话》卷八：白石，仙品也。东坡，神品也，亦仙品也。梦窗，逸品也。玉田，隽品也。稼轩，豪品也。然皆不离于正。故与温、韦、周、秦、梅溪、碧山同一大雅，而无傲而不理之诮。

又：窃谓白石一家，如闲云野鹤，超然物外，未易学步。……梦窗才情横逸，斟酌于周、秦、姜、史之外，自树一帜，亦不专师白石也。

又：词有表里俱佳、文质适中者，温飞卿、秦少游、周美成、黄公度、姜白石、史梅溪、吴梦窗、陈西麓、王碧山、张玉田、庄中白是也，词中之上乘也。

陈廷焯《词坛丛话》：词贵疏密相间。昔人谓梦窗之密、玉田之疏，必兼之乃工。然兼之实难。

李佳《左庵词话》：词家昉于宋代，然只柳屯田、周美成为解音律，其词犹未尽工。姜白石、吴梦窗诸人，尚为未解音律，而颇多佳作。以是知词固非乐工所能。

冯煦《蒿庵论词》：梦窗之词，丽而则，幽邃而绵密，脉络井井，而卒焉不能得其端倪。尹惟晓比之清真，沈伯时亦谓深得清真之妙，而又病其晦。张叔夏则譬诸七宝楼台，眩人眼目。盖《山中白云》，专主清空，与梦窗家数相反，故于诸作中，独赏其《唐多令》之疏快，实则"何处合成愁"一阕，尚非君特本色。《提要》云："天分不及周邦彦，而研炼之功则过之，词家之有文英，如诗家之有李商隐。"予则谓商隐学老杜，亦如文英之学清真也。

郑文焯《大鹤山人词话》：若夫学文英之秾，患在无气；学龙洲之放，又患在无笔。二者洵后学所厚诫，未可率拟也。

郑文焯《郑校梦窗词·跋》：君特为词，用隽上之才，别构一格，拈韵习取古谐，举典务出奇丽，如唐贤诗家之李贺，文流之孙樵、刘蜕，锤幽凿险，开径自行，学者匪造次所能陈其细趣也。其取字多从长吉诗中得来，故造语奇丽。世士罕寻其源，辄疑太晦，过矣。

况周颐《蕙风词话》卷一：词太做，嫌琢；太不做，嫌率。欲求恰如分际，此中消息，正复难言。但看梦窗何尝琢，稼轩何尝率，可以悟矣。

又：性情少，勿学稼轩；非绝顶聪明，勿学梦窗。

又：宋人名作，于字之应用入声者，间用上声，用去声者绝少。检《梦窗词》知之。

况周颐《蕙风词话》卷二：近人学梦窗，辄从密处入手。梦窗密处，能令无数丽字，一一生动飞舞，如万花为春，非若雕瑮蹙绣，毫无生气也。如何能运动无数丽字，恃聪明，尤恃魄力。如何能有魄力，唯厚乃有魄力。梦窗密处易学，厚处难学。

又：重者，沉着之谓。在气格，不在字句。于《梦窗词》庶几见之。即其芬菲铿丽之作，中间隽句艳字，莫不有沉挚之思，灏瀚之气，挟之以流转。令人玩索而不能尽，则其中之所存者厚。沉着者，厚之发见乎外者也。欲学梦窗之致密，先学梦窗之沉着。即致密、即沉着。非出乎致密之外，超乎致密之上，别有沉着之一境也。梦窗与苏、辛二公，实殊流而同源。其所为不同，则梦窗致密其外耳。其至高至精处,虽拟议形容之,未易得其神似。颖慧之士,束发操觚,勿轻言学梦窗也。

况周颐《蕙风词话》卷三:宋词深致能入骨,如清真、梦窗是。金词清劲能树骨,如萧闲、遯庵是。南人得江山之秀,北人以冰霜为清。南或失之绮靡,近于雕文刻镂之技。北或失之荒率,无解深裘大马之讥。

况周颐《蓼园诗选·序》:近十数年,学清真、梦窗者尤多。

陈锐《袌碧斋词话》:阳湖派兴,流宕忘返,百年以来,学者始少少讲求雅音。然言清空者喜白石,好秾艳者学梦窗,谐婉工致,则师公谨、叔夏。独柳三变,无人能道其只字已。

又:白石拟稼轩之豪快,而结体于虚;梦窗变美成之面貌,而炼响于实。南渡以来,双峰并峙,如盛唐之有李、杜矣,顾词人领袖必不相轻。

蒋兆兰《词说》:近日词人如吴瞿安(梅)、王饮鹤(朝阳)、陈巢南(去病)诸子,大抵宗法梦窗,上希片玉,犹是同光前辈典型。

蒋兆兰《词说》:继清真而起者,厥惟梦窗。英思壮采,绵丽沉警,适与玉田生清空之说相反。玉田生称其"何处合成愁"篇,为疏快不质实,其实梦窗佳处,正在丽密,疏快而其本色也。至所举过涩之句,为后世学梦窗者点醒不少。草窗词品,虽与梦窗相近,然练不伤气,自饶名贵。

陈洵《海绡说词》:自元以来,若仇仁近、张仲举,皆宗姜、张者,以至于清竹垞、樊榭极力推演,而周、吴之绪几绝矣。竹垞至谓梦窗亦宗白石,尤言之无理者。

又：周止庵立周、辛、吴、王四家，善矣。惟师说虽具，而统系未明。疑于传授家法，或未洽也。吾意则以周、吴为师，余子为友，使周、吴有定尊，然后余子可取益。于师有未达，则博求之友；于友有未安，则还质之师。如此，则系统明，而源流分合之故，亦从可识矣。

又：张氏辑《词选》，周氏撰《词辨》，于是两家并立，皆宗美成。而皋文不取梦窗，周氏谓其为碧山门径所限。周氏知不由梦窗不足以窥美成，而必曰问涂碧山者，以其蹊径显然，较梦窗为易入耳。非若皋文欲由碧山直造美成也。吾年三十，始学为词。读周氏《四家词选》，即欲从事于美成。乃求之于美成，而美成不可见也；求之于稼轩，而美成不可见也；求之于碧山，而美成不可见也；于是专求于梦窗，然后得之。因知学词者，由梦窗以窥美成，犹学诗者由义山以窥少陵，皆涂辙之至正者也。今吾立周、吴为师，退辛、王为友，虽若与周氏小有异同，而实本周氏之意，渊源所自，不敢诬也。

又：以涩求梦窗，不如以留求梦窗。见为涩者，以用事下语处求之；见为留者，以命意运笔中得之也。以涩求梦窗，即免于晦，亦不过极意研炼丽密止矣，是学梦窗，适得草窗。以留求梦窗，则穷高极深，一步一境。沈伯时谓梦窗深得清真之妙，盖于此得之。

又：清真格调天成，离合顺逆，自然中度；梦窗神力独运，飞沉起伏，实处皆空。梦窗可谓大，清真则几于变化矣。由大而几化，故当由吴以希周。

又：天祚斯文，钟美君特。水楼赋笔，年少承平，使北宋之绪，微而复振。尹焕谓"前有清真，后有梦窗"，信乎其知言矣。"稼轩由北开南，梦窗由南追北"，善乎周氏之能言也。南宋诸家，鲜不为稼轩牢笼者，龙洲、后村、白石皆师法稼轩者也。二刘笃守师门，白石别开家法，白石立而词之国土蹙矣。至玉田演为清空，奉白石为祧庙。画江画淮，号令所及，使人遂忘中原，微梦窗谁与言恢复乎？

夏敬观《忍古楼词话》：予尝谓梦窗词，如汉魏文，潜气内转，不恃虚字衔接。不善学者，但于字句求之，失之远矣。

王国维《人间词话》：学南宋者，不祖白石，则祖梦窗，以白石、梦窗可学。